大学生からヤリ直し

草凪優

双葉文庫

目次

プロローグ

握りしめた拳が膝の上で震えている。背中にじっとりと冷や汗が浮かんでくるのがわかる。

沖田将騎《おきたまさき》は追いつめられていた。

リビングのテーブルにはスマートフォン。自分のものだが、妻の真佑《まゆ》に中身を見られてしまった。暗証番号をこまめに変えていたつもりだったのに、いつの間にか解読されていた。親しき仲にも礼儀あり——夫婦とはいえ、スマホを勝手に見るのは反則だと思うが、そんなことを言っている場合ではなかった。

スマホの画面に映っているのはＬＩＮＥのやりとりだ。

浮気相手との……。

——早く会いたいな

——週末には時間とれると思う

——どこに連れていってくれるの？

――渋谷《しぶや》のラブホだな
――キャーッ！

そんな身も蓋《ふた》もないやりとりが延々と続いているものだ。しかも、浮気相手はひとりではなく、三人いた。出会い系サイトで知りあった二十代の女ばかりだ。彼女たちには自分が既婚者であることを隠しているから、事実がそちらにバレても大事になりそうだが、先に妻にバレてしまった。

将騎は三十五歳、小さな広告会社に勤めているしがないサラリーマンで、WEB広告やスーパーのチラシをつくっている。正直、あまりパッとしない仕事だが、仕事の成功だけが人生の果実ではない。

将騎は女にモテる。百人くらいとはゆうに寝ている。結婚して一児の父になってもモテ期に翳《かげ》りは出ず、しかも真面目な性格とは言えないので、婚外セックスのチャンスは逃さない。

「人としてどうなのかしら？」

真佑が「はーっ」とわざとらしい溜息をもらした。

「こっちは子育て真っ只中で、まともに寝ることもできないのに、夫のあなたは育児を手伝うどころか、外で浮気……信じられないんですけど」

将騎はうつむいて押し黙った。こういう場合、言い返したところで怒りの炎に油を注ぐだけだ。

「セフレ、何人いるんですか？」

「……三人」

「本当？」

「……ああ」

ＬＩＮＥのやりとりを見つかったのは関係継続中の三人だけだが、結婚してから浮気した数となると、倍になるだろう。

「じゃあ、これはどの女？」

スマホの画面がＬＩＮＥから画像に変わった。ハメ撮り写真が出てきた。事後、カメラに向かってキスしたり、ピースしている写真もある。結婚後に初めてできた若いセフレと撮ったものだが、迂闊にも消すのを忘れていた。

「あなたは女にモテる人だから……」

真佑の声は怒りに震えている。

「百歩譲って、浮気をされてもいいと思ってた。ただし、わからないようにやってくれるなら……」

だったら人のスマホなんか見なけりゃいいじゃないかと思ったが、もちろん口にはできない。

「それがなに？　三人も同時進行しているうえに、こんな画像まで残しておくなんて……これはさすがに許せない……万が一これをわたしが見た場合、どれだけわたしを傷つけることになるか、考えなかったってことですもんね？　こんなもの大事にとっておくなんて……」

将騎にしても、バレたときのことを考えなかったわけではない。さすがに画像を残しておくのはリスキーだと思った。消しておくべきだった。関係が切れた女とのＬＩＮＥのやりとりもきっぱり消したように……。

「ねえっ！　あなたにとってわたしって、いったいなんなのっ！」

真佑が声をあげて涙を流しはじめたので、

「すっ、すまん……ちょっとトイレに行ってくる……」

将騎は痛くもない腹をさすりながら、トイレに駆けこんだ。便意なんて催していなかった。ただ敵前逃亡しただけだ。

「ああっ、面倒くせえ……」

天を仰ぎ、深い溜息をつく。

「離婚したら、慰謝料とか養育費とか、どれくらいとられるんだろう？　たいして貯金もないけど、全額もっていかれんのかな……」

真佑は離婚までは考えていないようだったが、将騎はべつに別れてもよかった。というか、妻に謝り、関係を修復し、機嫌をとるために家事や育児を手伝ったりすることが、心の底から面倒だった。

しかも、いくら機嫌をとったところで、この先何十年も、浮気をしたという負い目を背負って結婚生活を続けることになるのだ。考えただけで、息がつまりそうだった。そんな生活を強要されるくらいなら、金で解決したほうが楽なのではないだろうか。

だいたい、真佑にしたって人のことを言えないほど尻の軽い女だったのだ。できちゃった結婚だったので、結婚してからはさすがに遊ばなくなったが、独身時代は毎晩のように盛り場に足を運んでいたタイプなのである。

真佑は自分の恋愛遍歴について頑《かたく》なに口を閉ざしているが、男の出入りが激しかったに違いないと将騎は睨んでいる。

出会いからして、酒場でのナンパだった。声をかけたら、ラブホテルにほいほいついてきた。セックスは激しかった。反応もよかったし、自分から奉仕もしたがるタイプなので、かなり燃えた。

「また会いたいな」

ピロートークでささやくと、

「他にも女いるんでしょ」

将騎は眼を泳がせた。当時は同時進行しているセフレが五人いた。

「まあ、いてもいいわよ。すごく気持ちよかったから、また会いたい」

真佑は笑っていた。

ものわかりのいい女だと、将騎も笑った。

そんなふうに始まったふたりなのに、結婚して子供を産んだら、豹変してしまった。セフレとハメ撮りしたくらいで、そんなに目くじらを立てなくてもいいではないか。なんなら、真佑のほうも浮気をしたってかまわないから……。

将騎は女に幻想を抱かない。愛だの恋だのについて、真剣に考えることもない。ただ、やれそうな女を口説くだけだ。モテると言っても特別美男子でもなければ、金があるわけでもないから、女を容姿や性格で選《え》り好みしない。将騎にとっては、やれそうな女だけがいい女だった。感度抜群の淫乱で、後腐れなく遊べればもっとよかった。

我ながらずいぶん歪《ゆが》んだ恋愛観だと思う。

なぜそんなふうになってしまったのか？

理由ははっきりしていた。

大学三年のときに出会った篠宮夕希《しのみやゆき》――彼女への真摯《しんし》な愛を貫けなかったことが、すべての原因だった。あれから道に迷ってしまったというか、ボタンを掛け違えてしまったというか、まともな恋愛ができなくなった。

思いだすと、いまだに心の風穴に冷たい風が吹き抜けていく。

そのときだった。

「……んっ？」

突然、激しい眩暈《めまい》が襲いかかってきて、視界が狭まりだした。あきらかに、普通ではない体の異変が起こっていた。助けを呼びたくても声も出せないまま、ふっと意識が途切れ、トイレの中で倒れてしまった。

第一章　やけにリアルな夢

1

眼を覚ますと、自宅のトイレではなかった。

トイレはトイレでも、公衆トイレのように仕切り板に囲まれた、素っ気ない雰囲気だった。かといって、野外にあるそれのように不潔ではなく、清掃は行き届いているから、ビルの中にあるトイレらしい。

「どうなってんだ……」

将騎は頭を振りながら立ちあがった。体の異変はおさまっていた。個室から出ると、小便器が五つほど並んでいたが、人影はなくてガランとしていた。

いったいなにが起こったのか？

とりあえずトイレから出ていこうとして、心臓が跳ねあがった。手洗いの上にある鏡に、自分が映っているのが見えたからだ。

「なっ、なんだこりゃ……」

近づいてまじまじと鏡を見た。映っているのは、たしかに将騎自身だった。ただし、びっくりするほど若返っている。色白の顔にはシワがなく、贅肉もついてなくて、うらなりのキュウリのようなひょろりとした風貌——これは二十歳前後の自分である。

意味がわからないまま、トイレからふらふらと出ていった。見覚えのある景色がひろがっていた。将騎が卒業した大学の校舎の中だった。

窓から花が見えた。母校のキャンパスの一角には、小さな植物園のような施設があり、そこがやたらと青かった。青というか紫だ。ライラック、フジ、アヤメ、カンパニュラ、ゲラニウム——紫の花が咲く季節は初夏である。つまり、いまは五月ごろなのか？　それにしても、よくできた夢だなあ……。

「よう、将騎」

後ろから肩を叩かれ、振り返った。奥井信之介《おくいしんのすけ》が立っていた。大学時代、わりと仲がよかった友達だ。

「今晩、N女子大の子たちと合コンするけど、おまえも来ない？」

「えっ……いや……」

将騎は言葉につまった。

「今日はちょっと……用があってさ……」

思わず断ってしまったのは、大学時代の自分がそういうキャラだったからだろう。この夢の再現性は恐るべきものがある。

「用ってなに？」

「……バイトの面接」

適当に答えると、奥井は「そんなの関係ねえ！」と言いながら、腕を振りだした。大学時代に流行った、小島《こじま》よしおのギャクである。

「N女と合コンなんて滅多にないチャンスなんだぜ。バイトの面接なんてぶっちぎっちゃえよ」

「いや、でも……今日はやめとく」

奥井はやれやれという顔で溜息をつき、

「まあ、断られると思ったけどね。だからおまえはいつまで経っても童貞なんだよ。そんな引っこみ思案《じあん》じゃ、彼女なんて永遠にできないからな」

胸を掻き乱されるような捨て台詞《ぜりふ》を残して去っていった。

そう、当時の将騎はモテるどころか童貞だった。恋愛に興味がなかったわけではないが、地方の男子校出身なので、女子とただしゃべるだけでもハードルが高かった。

「そんなの、童貞さえ捨てればすぐしゃべれるようになるって」

奥井をはじめとした経験済みの連中は、口を揃えてそう言った。

「相手を選り好みしないで、とにかくやってみる」

「理想を追いかけていると、いつまで経ってもできないからさ」

「やったらわかることとって、いっぱいあるからな。その瞬間から世界が変わるんだぜ。むふふっ……」

経験者の言うことだから一理あるのだろうし、彼らが頻繁に開催している合コンの末席に座らせてもらえば、そういうチャンスも訪れるのかもしれない。

しかし、当時の将騎には譲れない一線があった。

誰でもいいからセックスしてみたいという欲望より、胸に秘めている思いを大切にしたかった。

好きな人がいた。

一年生の秋くらいだろうか、キャンパスで彼女を見た瞬間、雷に打たれたような衝撃を受けた。

さらさらの長い黒髪、背筋の伸びた清楚なたたずまい、遠目から見ていてもはっきりわかる透明感――ひと目惚れだった。当時はまだ名前も知らなかったが、同じ大教室で講義を受けていたので、どうやら同学年のようだった。

毎日、彼女の姿を探していた。見かけただけで、その日は一日中ハッピーだった。彼女はいつもひとりでいた。講義を受けるときも、学食で食事をしているときも、他の女子たちのように誰かとワチャワチャしていなかった。

びっくりするほど小顔で、素肌の色は抜けるように白く、眼鼻立ちが整っているから、美人という言葉を使うのに、ためらう必要はまったくなかった。その清らかなオーラのせいで、どこで見かけても彼女はひとり、まわりの景色から浮いていた。孤独を感じさせるというより、やはり高嶺《たかね》の花という言葉がいちばんぴったりくる。

「あの子、芸能人なのかなあ……」

一度、奥井に訊ねたことがある。

「モデルとかやってそうだよな。おしゃれなファッション雑誌の……」

「違う、違う。綺麗だけど一般人だろ。ハンバーガー屋でバイトしてるって言ってたから」

「詳しいね」

「そりゃあ、あれだけの美人だから合コンに誘ったことがあるんだよ。でも、すげーお堅い感じできっぱり断られた。見てくれはよくても、たぶん性格はよくないね。愛嬌《あいきよう》がゼロだもんな」

「名前なんてわかったりする？」

「篠宮夕希、だったかな」

将騎は彼女の名前を胸の中で嚙みしめた。名前まで清楚なんだな、と思った。

彼女に会いたかった。

自分はいま、夢を見ているに違いない。浮気がバレたストレスからメンタルが現実逃避を求め、大学時代の夢を見ている……。

会いたい人には会えないのが夢というものだが、この夢は妙にリアルだから、期待がもてそうな気がした。ほっぺたをつねってみたら痛かったし、どういうわけか異様に腹が減っている。

校舎を出て学食に向かった。体中をまさぐると、尻ポケットに財布が入っていた。中身はかつてのように薄ら寒く、千円札が一枚と小銭しか入っていなかった。学食でいちばん安いカレーを食べた。記憶にあった通りまずかった。

あっ……。

水色のワンピースを着た女が目の前を通りすぎていった。まるで春のそよ風が吹き抜けていくように……。

篠宮夕希だった。

やはり美しかった。記憶にあったより清らかなオーラが強烈で、見ているだけでドキドキした。ただ眺めているだけでこんなにも胸が高鳴る女は、三十五年間生きてきて、篠宮夕希ただひとりだけである。将騎は彼女に恋をしていた。

なぜ告白しなかったのだろう？

結果はともかく、せめて好きだという気持ちだけでも伝えておくべきだったのではないか？

「将騎ぃーっ！」

女がひとり、うどんの丼を持ってやってきた。

「ここ座っていい？」

「……あっ、ああ」

将騎が答える前に、倉田朋美《くらたともみ》は正面の席に腰をおろした。将騎はひどくこわばった顔で彼女を見ていたはずだ。

「カレーなんて食べてたの？」

「……うん」

「学食のカレー、まずくて有名じゃん。将騎もすごく馬鹿にしてなかった？」

「……なんとなく食べたくなってね」

朋美は明るい女だった。ベージュ系に染めた髪をくるくるに巻き、いつも太腿全開のミニスカートを穿《は》いている。見た目からして派手なのだが、誰にでも分け隔てなく気さくに接するし、とにかくよくしゃべる。

おかげで、女に苦手意識がある当時の将騎でも、ふたりでいて緊張しなかった。朋美がおしゃべりなので、こちらは黙って聞いていればいい。

一緒に映画を観にいったこともあるくらいなので、唯一の女友達と言っても過言ではないかもしれなかった。いいやつだ、と異性に対して思ったのも彼女が初めてだった。

しかし……。

朋美はいいやつでもなんでもなく、その本性は悪魔のようなものだった。

ずずっ、ずずっ、と音をたててうどんをすすっている彼女をチラチラと見ながら、将騎の胸はきりきりと痛みだした。早く逃げろっ！　ともうひとりの自分が叫んでいた。

「ねえねえ……」

朋美が上目遣いで声をかけてくる。

「将騎、これからなんか予定ある？」

「えっ？　ああっ……」

将騎は限界まで顔をひきつらせた。

運命の分かれ道がやってきたようだった。

この朋美の誘いに乗ったらどうなるか、将騎は知っている。人生は選択の連続だが、なにかを得れば、なにかを失う。得たものより失ったものが大きい場合、そしてそれが取り返しがつかない場合、一生後悔することになる。

失ったものが、視界の端っこに見えていた。水色のワンピースを着た、遠目からでも清らかなオーラが伝わってくる美しい女が……。

「悪い」

将騎は強引に会話を中断して立ちあがった。

「今日ちょっと体調悪くてさ。家帰って寝るよ……」

キョトンとしている朋美を置き去りにし、将騎はトレイを持ってそそくさとその場を離れた。

どうせ夢なら、現実とは違う体験がしてみたかった。このとき朋美の誘いに乗らなかったらどうなっていたかを、知りたくてしようがなかった。

現実にはだいたいこんなことが起こった。

2

＊　＊

暇をもてあましているという朋美に誘われ、ふたりで目的もなく渋谷をぶらぶらした。お金もなかったので、ＣＤショップやゲームセンターを冷やかしたりするだけの文字通りの暇つぶしだったが、その後の人生を決定づける出来事の起こった日だから、気候や空の色まではっきり覚えている。

初夏なのに真夏のように暑く、おまけにひどく蒸している日だった。散歩をしているだけなのにやたらと体が汗ばんで、辟易していた。

夕暮れになると、朋美が訊ねてきた。

「将騎ってさあ、飲み屋さん入ったことある？」

「あるよ。成人式で地元に帰ったとき、何十人か集まって……」

「そういうんじゃなくて、こんなふうに蒸し暑い中歩いてて、喉渇いたからちょっとビール飲んでいくか、みたいな」

「ないない」

まだ学生だから、酒を飲む習慣なんてなかった。

「入ってみたいよね、飲み屋さん」

「そんな金がどこにあるんだよ」

「夢がないなあ。大人っぽくてカッコいいじゃない」

「だから金がないって」

将騎は苦笑するしかなかった。

「俺のもちあわせじゃ、安い居酒屋でビール二杯くらいしか飲めないだろうな。つまみは枝豆で……」

「じゃあさ、コンビニでお酒買って将騎んちで飲もうよ」

「はあっ？　なんでそんなに酒なんて飲みたいの」

「飲んだら話す」

意味ありげな口調に好奇心を揺さぶられ、電車に乗って帰宅した。途中、コンビニで缶チューハイを二本ずつ買った。

朋美が酒を飲みたかった理由は、眼をつけていた後輩の男が彼女もちだったとか、たしかそんなことだった。つくり話だった可能性もある。彼女の目的は別にあったからだ。

「ずいぶん殺風景な部屋ねえ。ソファどころか、冷蔵庫までないわけ?」

将騎の部屋は狭いワンルームで、スペースの半分ほどをベッドが占領していた。将騎はベッドに寄りかかり、朋美はベッドの上にいた。猫のような身のこなしで、さも当然のようにベッドの上に陣取った。

将騎はなにも言えなかった。後ろにいる彼女から、いい匂いが漂ってきたからだった。いままで自分の部屋にはなかった、女の匂いだ。

おまけに、振り返るたびに白い太腿がチラチラと見えた。朋美はその日もミニスカートだった。色はレモンイエローで、ふわっとしたデザインだった。

ベッドの上で座り直したりすると、いまにも下着が見えてしまいそうな感じになる。眼のやり場に困るからクッションでも膝に載せてくれ、と言ってやりたくても、そういうことを言うとかえって意識していると思われそうで、やはりなにも言えなかった。

「将騎ってさあ、彼女いるの？」

朋美が訊ねてきたので、将騎は恐るおそる振り返った。視線を下半身に向けず、朋美の顔を見た。酔いで頬がピンク色に染まっていて、妙にエッチだった。正視していられなくて、すぐに胸に視線を落とした。朋美は独特のスタイルをしている。太腿は、気をつけをしても向こうが見えそうなほど細めなのに、胸は大きい。白いニットを盛りあげている丸みがすごい。

「どうなのよ？　お酒飲んでるんだし、無礼講でなんでも答えてよ」

「見ればわかるだろ……」

将騎は溜息まじりに言った。

「彼女がいたら、渋谷ぶらついて暇つぶしたり、おまえと一緒に缶チューハイなんか飲んでねえって」

「淋しい青春ね」

「おまえはいんのかよ？」

「いない」

「一緒じゃん」

「前にいたことはある」

将騎の呼吸はとまった。処女ではない、と宣言されたようなものだった。薄々勘づいてはいた。朋美はモテる。性格が明るいし、愛嬌があって、なによりどんな男にも気さくに接するからだ。

顔だって悪くはない。美人とまでは言えないが、性格のよさを加味し、バイアスをかけてやれば、可愛いと言えないこともない。篠宮夕希の完璧に仕上がったヴィジュアルと比べると、ホステスが飼っている小型犬みたいな可愛さだが……。

「将騎はどうなの？　彼女いたことある？」

朋美はピンク色に染まった顔で、興味津々そうにニヤニヤ笑っている。

いま思えば、引き返すならここが最終地点だった。正直に答える必要などなく、見栄を張っておくべきだった。

しかし将騎は、

「清らかな童貞だよ。悪いかよ」

ふて腐れた顔で答えた。あのときはたぶん、非処女を宣言してきた朋美に対する反発があったのだと思う。男ならともかく、女のくせにセックスの経験を自慢するなんて、なんとなく不潔に思えた。

「マジ？」

朋美は眼を輝かせた。

「二十歳過ぎてるのに、エッチしたこと、ないの？」

「ねーよ」

「うわぁー」

朋美は嫌なものでも口にしたような顔をし、次の瞬間、腹を抱えてゲラゲラ笑いはじめた。

最低だな、と将騎は思った。どうしてこんな女と酒なんか飲んでいなくてはならないのかわからなくなり、立ちあがって「もう帰れよ」と言おうとした。

「ごめんっ！　笑ったりしてごめんなさいっ！」

朋美が両手を拝むように合わせて言った。それでも笑いはとまらない。

「でもさあ、どうしてまだ童貞なの？　エッチになんて興味がない？　もしかして、いま流行りの草食系？」

ちょうど「草食系」という言葉が流行りはじめたところだった。

「べつに……そういうんじゃないけど……」

「エッチに興味はあるんだ？」

「相手がいなくちゃできないだろ」

「ねえ、将騎……」

朋美は笑うのをやめて正座した。

「いまキミの前には、とっても大きなチャンスが転がってるんだよ」

「……意味わかんねえ」

「女の子がね、暇だから遊ぼ、って言って、ふたりきりの部屋で一緒にお酒飲むっていうのは……エッチしてもいいよ、ってサインなんだから」

「……女の子っておまえかよ？」

「他にいないでしょ」

朋美は頬をふくらませた。

顔には出さなかったが、将騎の体は小刻みに震えだしていた。うろたえるあまり、すぐには言葉を返すことができなかった。

朋美が本気で言っているなら、童貞を捨てる人生最大の好機が訪れたことになる。それは突然やってくる、と誰もが口を揃えて言う。チャンスは逃すな、相手を選り好みするな、童貞を捨ててからが大人の男としての本番が始まる……。

しかし、である。

しかしながら……。

この抵抗感の強さは、いったいなんだろう？　朋美の誘い方は、あまりにも直截的《ちょくせつてき》すぎた。将騎の頭の中にあった恋愛は、まずどちらかが告白して、遊園地とか水族館でデートして、それからキス。その日はキスだけで帰って、あと二回くらいデートしてからセックスというものだった。

だが、朋美は告白なんてしてこなかった。将騎のことを好きだと言ったわけではないし、彼女のことをどう思っているかも訊ねられていない。人としての愛嬌はあっても、気持ちを置き去りにしてただセックスだけをやりたがるなんて、女としての魅力が一ミリも感じられない。

それに……。

もし「自分のことが好きか？」と訊ねられたら、「好きではない」と答えたに違いなかった。あるいは「異性として意識したことがない」だ。好きな女は別にいると……。

「なによー」

朋美が顔をくしゃっとさせて悪戯《いたずら》っぽく笑う。

「わたしとなんかエッチしたくない？　将騎って、もしかして超面食い？」

「いや……」

将騎は曖昧《あいまい》に首をかしげた。朋美は人生で初めてできた、気楽に接することができる女友達だった。いいやつだな、と思っている。やたらと肌の露出が多い服ばかり着ているのはどうかと思うが、今日一緒に渋谷をぶらぶらしていて、可愛いなと思った瞬間が三回くらいあった。

「童貞だったらさ……」

朋美がベッドからおりて、将騎の隣に腰をおろした。こちらを見てクスクス笑っている。笑い方がどんどんエッチになっていく。

「女の子の体、触ったことないんでしょう？」

将騎は言葉を返せなかった。いままで後方からほのかに漂ってきた匂いの源泉が、隣にあった。朋美は小柄なほうで、たぶん身長一五五センチくらいしかない。なのに存在感がすごい。匂いのせいなのか、それとも……。

「どっから触る？　ここ？　それともこっち？」

朋美が両手の人差し指で胸を指し、ヒップを指す。

「でも、触りたいならチュウしてくれないとダメだよ。女の子はね、情熱的なキスでスイッチが入るんだから……」

顎をあげ、唇を差しだしてくる。よく見ると、朋美の唇はひどくふっくらしていた。突きだすように尖らせたら、ほとんど真ん丸になった。

将騎の口の中はカラカラに乾いていた。キスがしたくてたまらなかった。しかし、ここでキスをして、その先に進んでしまえば、篠宮夕希を裏切ってしまうことになる。いや、篠宮夕希が大好きな自分を裏切ることになる。

「どうしたのよ……」

朋美が太腿に手を置いた。

「エッチはまだでも、キスくらいしたことあるんでしょう？」

「……ないよ」

「そう……」

朋美はもう笑わなかった。まぶしげに眼を細め、将騎を見てきた。

「じゃあ、ファーストキスももらってあげる……」

朋美の両手が将騎の首にまわり、唇と唇が重なった。初めてのキスは、朋美が飲んでいたカルピスサワーの味がした。

3

朋美が口を開き、舌を差しだしてきた。

将騎も口を開き、朋美の舌を受け入れる。他人の唾液の味がした。意外にも甘かった。カルピスのせいだろうか……。

「ぅんんっ……ぅんんっ……」

鼻を鳴らしながら舌をからめてくる朋美の顔は、一秒ごとにいやらしくなっていった。酔いでピンク色に染まった段階では、可愛さとエッチな感じが半々くらいに混じりあっていたのに、眼を細め、眉根を寄せてこちらを見てくる表情からは、生々しい欲情ばかりが伝わってくる。

童貞だった将騎には、女にも性欲がある、という当たり前の事実をまだ受け入れられていなかった。あったとしても男よりずっと控えめで、水を入れすぎたカルピスのように薄いだろうと思っていた。

しかし、このときの朋美は、自分より何倍も欲情していると思った。表情だけではなく、全身から漂ってくる雰囲気ではっきりとわかった。

それでも、もう不潔だとは思わなかった。カルピス味のキスで魔法にかけられてしまったようだった。いつの間にか、朋美のことをものすごく可愛いと思っている自分がいた。

「……あっち行こっか」

朋美はキスを中断して言った。ふたりでベッドに横になった。もはやキスより先に進むことが確定したような体勢だった。

狭いシングルベッドの右側に、将騎はいた。そのときは意図してそうしたわけではないが、童貞を卒業してからも、ベッドではかならず右側にいる。もちろん、右利きだからである。

息のかかる距離で見つめあった。間近で見ると化粧が濃かったが、それすら可愛いと思った。右手が自然と、朋美の胸に伸びていった。指先がふくらみに触れた瞬間、

「ぁんっ……」

と甘い鼻声をもらした。

将騎はまず、丸いふくらみを撫でまわした。ニットの下にブラジャーを着けているのがわかった。つまり、ガードの上から触れただけにもかかわらず、脳味噌が沸騰しそうなほど興奮した。

「でっ、でかいなっ……」

鼻息を荒くして言うと、

「大きいおっぱい、嫌い？」

朋美はちょっと澄ました感じで言った。その顔もまた、鼻血が出そうなくらいセクシーだった。

「いや、好き……」

将騎は言いながら、ニットをめくりあげていった。顔が熱くてしようがなかった。高鳴る胸の鼓動を聞きながら、ニットを胸元までめくりあげた。

ブラジャーはピンクベージュだった。金銀の刺繍《ししゅう》がほどこされていて、とても大人っぽい。服は原色が多いのに……。

胸元の色の白さに眩暈を覚えながら、ブラジャーを撫でた。むちゃくちゃに揉みしだいてやりたかったが、まだそこまでの勇気はなかった。白い素肌からは、ホットミルクのような匂いが漂ってきた。顔を押しつけて嗅ぎまわしたかったが、それも我慢する。

朋美が動いた。こちらに背中を向けてきた。

「ホック、はずして」

将騎の目の前には、ブラジャーのホックがあった。どういう構造になっているのかよくわからなかったが、いじっているうちにうまくはずれてくれた。

朋美が元の体勢に戻る。無言でこちらを見つめてくる。

背中のホックがはずれたということは、前のカップをめくることができるはずだった。将騎はそうっとめくっていった。男の体にはない、丸い隆起がふたつ、姿を現した。巨乳というほどではないけれど、朋美が小柄であることを考えれば、かなり大きめなふくらみだった。

白く丸みを帯びたその形にも興奮したが、先端の乳首の色艶《いろつや》には完全に悩殺された。南国の花のように、綺麗な赤い色をしていた。

興奮のあまり、金縛りにあったように動けないでいると、

「我慢しなくていいよ」

朋美がささやき、股間をちょんと触った。将騎はビクッとし、もう少しで叫び声をあげてしまうところだった。もちろん、勃起していた。痛いくらいに硬くなり、ズボンの前を恥ずかしいくらい大きくしていた。

「好きにしていいんだから……やりたいようにやってみて……」

ならば、と将騎は奮い立ち、朋美の上に馬乗りになった。ズボンとブリーフに

押さえられている股間が苦しくてしようがなかったけれど、そんなことを言っている場合ではなかった。

眼下には丸々とした乳房がふたつ——それも、ピンクベージュのブラジャーからこぼれ落ちたような、エロティックな姿で愛撫を待っている。

両手を伸ばし、下のほうからすくいあげた。肌がすべすべで、ぷにゅっとした感触に息を呑む。

「あっ……んんっ……」

朋美が声をもらし、潤《うる》んだ瞳で見つめてくる。もっと揉んでのサインだと感じた将騎は、丸い隆起に指を食いこませた。痛くしないように細心の注意を払いながら、やわやわと揉みしだいた。

「乳首、舐めてもいいか？」

「いちいち訊かなくていいから……」

朋美が眉をひそめる。

「好きにしていい、って言ったじゃない……」

「そっ、そうか……」

将騎はうなずき、まずは左の乳首に顔を近づけていった。白い素肌から漂ってくる甘い匂いを、鼻から思いきり吸いこんだ。興奮しすぎて眩暈が起こった。舌を伸ばし、先端で赤い乳首に触れる。くすぐるように舐めたてると、

「ああんっ……」

朋美がぎりぎりまで細めた眼で見つめてきた。

「気持ち……いいよ……」

将騎は唇を尖らせ、乳首を吸った。舐めている段階で、少し尖っていた。それを吸い、口の中でも舐めまわすと、ますます硬くなっていった。感じている証拠だと思うと、再び興奮による眩暈が訪れた。二十一年間溜めこんできた欲望が、爆発に向けて走りだす。

「うっ……くっ……」

思わず背中を丸めてしまい、

「どうしたの？」

朋美が心配そうに顔をのぞきこんできた。

「いや……ちょっと……下半身が苦しくて……」

「脱いじゃえば？」

「えっ……」

将騎はドギマギした。たしかにズボンとブリーフを脱げば、この苦悶《くもん》からは解放されるだろうが……。

「可愛いなあ、恥ずかしがって」

朋美が眼を細めて笑う。

「どうせ裸になるんだから、早いか遅いかの違いじゃない」

朋美は将騎の下から抜けだすと、ニットとブラジャーを取った。たわわに実った乳房を惜しげもなくさらしながら、靴下とミニスカートも脱いでしまう。

「これは、まだちょっとおあずけ」

ピンクベージュのパンティ一枚になった朋美は、恥ずかしそうにささやくと、将騎のシャツのボタンをはずしてきた。シャツの下にはTシャツを着ている。

「バンザイして」

あっという間に、上半身裸にされてしまった。

「下は自分で脱いでよね」

茶目っ気たっぷりに言われ、将騎はうなずくことしかできなかった。

前がもっこりとふくらんでいるズボンを脱いだ。朋美はまだパンティを穿いているが、こちらはブリーフまで脱がなくては苦悶から解放されない。朋美の顔にも、早くそれも脱ぎなさい、と書いてある。

膝立ちになり、思いきってめくりさげた。

勃起しきったペニスが唸りをあげて反り返り、湿った音をたてて下腹を叩く。

「へええ……」

朋美が眼を輝かせて見つめてくる。品定めをするような視線がペニスにからみついてきて、将騎の顔は燃えるように熱くなった。

「そんなに見ないでくれ」

言ってから、ブリーフを脚から抜いた。

「そんなに見ないでって……それ、女の子の台詞《せりふ》でしょ」

朋美はクスクス笑っている。笑いながら四つん這いになり、反り返ったペニスに顔を近づけてくる。

「なっ、なんだよ……」

「舐めてあげるよ」

「えっ……」

将騎の顔はひきつった。

「ベロチューフェラ、してあげる……」

朋美は右手をペニスに伸ばしてくると、根本のあたりに指をからみつけ、しごいてきた。握り方も弱ければ、しごき方もゆっくりだったが、将騎は膝立ちの体をこわばらせた。生まれて初めて異性に性器を触られた衝撃は尋常ではなく、きつく握りしめたふたつの拳を震わせた。

朋美が舌を差しだしてくる。やけに赤い舌だった。それが、唾液をしたたらせながら亀頭の表面を舐めまわす。ペロリ、ペロリ、と動く舌使いが淫らで、アイスを舐めているときとは全然違う。ペニスに味なんてないだろうから、彼女は味わっているのではなく、男の性感に奉仕してくれている。

「気持ちいい？」

朋美が上目遣いで訊ねてきたので、

「あっ、ああ……」

将騎はうなずいた。

「すげえ……気持ちいい……」

「ふふっ……」

朋美が笑う。

「じゃあ、もっと気持ちよくしてあげる……」

上目遣いでこちらを見ながら、亀頭をしゃぶりはじめた。ふっくらした唇の内側は生温かい唾液にまみれ、それごとじゅるっと吸ってくる。これがベロチューフェラなのかと、真っ白い童貞のノートに新しい言葉がひとつ付け加えられる。

じゅるっ、じゅるるっ、と亀頭を吸いたてながらも、朋美の手は遊んでいなかった。右手は根本をやさしくしごいているし、左手に至っては玉袋を撫でたり、くすぐったりしてきた。

その刺激がまた、ペニスを硬くする。オナニーでフル勃起していると思っていたときより、いまのほうがずっと硬くて、内側から爆《は》ぜてしまいそうだ。

4

「もっ、もういいよっ！」

将騎は上ずりきった声をあげた。それでもまだ朋美がしつこく亀頭をしゃぶってくるので、額を押して強引に口唇から引き抜いた。

ハアハアと肩で息をする。生まれて初めて経験したフェラチオだった。想像していたより百倍くらい気持ちよかったが、気持ちがいいがゆえに、長くされているると暴発の恐れがあった。はっきり言って、あと一分もされていたら、そうなっていただろう。

「なによー、遠慮しないでいいのに……わたし、オチンチン舐めるの、大好きなんだから……」

そんな女がいるのか？　と将騎は驚いた。それにしても、朋美がこれほどいやらしい女だとは思わなかった。いままで異性として意識していなかったが、強烈に女を感じてしまう。パンティ一枚で四つん這いになっている姿を眺めているだけで、ペニスの先端から熱い粘液が噴きこぼれていく。

「じゃあ、もうそろそろ童貞卒業しちゃう？」

朋美が卑猥な流し目でささやいた。

「あお向けになりなよ。わたしが上になって動いてあげるから」

えっ？　と将騎は一瞬言葉を失った。初体験の体位が騎乗位なのは、べつによかった。朋美の好きにしてもらったほうが、たぶんこちらも気持ちがいいだろう。

しかし、こちらはフェラまでされたのに、将騎が朋美にした愛撫は、ほんの少し乳房を揉み、乳首を舐めただけ。本丸がある部分だって、いまだパンティに隠されたままなのだ。

見たかった。舐めたかったし、匂いだって嗅ぎまわしたかった。女性器なら、ネットに出てくる裏画像で何度も見たことがあったが、見れば見るほどどういうものなのかわからなくなるのが女の秘所だった。

だが、さすがに言いだすことはできなかった。キスをしたときから朋美にイニシアチブを奪われていたし、フェラでは暴発寸前まで追いつめられた。ここはもう、彼女の言いなりでいいではないかと、もうひとりの自分が耳元でささやいた。

「ゴムは、ないよね？」

「……ごめん」

「いいの、いいの。童貞なんだから、用意してたら逆にキモいもん。でも、中で出したらダメよ。出すのは外。それだけは守って」

女神のように微笑まれ、将騎はうなずいた。

「じゃあほら、早く横になって……」

うながされるままにあお向けになると、朋美はこちらに背中を向けて、パンティを脱いだ。プリンとした小ぶりのヒップも可愛かったが、なぜこちらを向いて脱いでくれなかったのかと思った。乳房はあれほど堂々と見せてきたくせに、やはり股間は見られると恥ずかしいものなのか……。

朋美がこちらを向き、騎乗位でまたがってきた。臍《へそ》の下にある黒い草むらは見えていた。しかし、ずいぶんふっさりと茂っていたので、やはりその奥に隠された肝心な部分は見えない。

「じゃあ、入れるよ……」

朋美は少し腰をあげると、ペニスをつかんで先端を自分の股間に導いていった。亀頭に訪れたヌルリとした感触だけで、将騎は昇天してしまいそうになった。ベロチューフェラも気持ちよかったけれど、それとはまた違う感じがした。温かいトロミに包まれた貝肉とでも言えばいいのだろうか？　いよいよ本丸かと、胸の鼓動がどこまでも高鳴っていく。

「んんっ……」

朋美が腰を落としてきた。ずぶっ、と亀頭がなにかに埋まる感触がした。割れ目に入ったのだろうか？　女の体にしかない、股間の割れ目に……。

「んんっ……くぅうんっ……」

朋美は眉根を寄せたいやらしい顔で声をもらしながら、最後まで腰を落としきった。眼をつぶり、しばらく動かなかった。眼を開けると、上体を覆い被せてきた。丸い乳房が将騎の胸にあたり、むぎゅっと潰れた。

「入ったよ。どんな気分?」

将騎はこわばった顔に脂汗を浮かべるばかりで、言葉を返せなかった。朋美の中は熱かった。そしてやたらとヌメヌメしていた。舌のような感触の、けれども舌よりずっと小さいひだひだが、何十枚もペニスにからみついているような感じだった。

「ああっ、気持ちいい……」

朋美は甘い吐息をもらしながら言うと、動きはじめた。上からしがみつかれているような状態なので、将騎には彼女がどうやって腰を動かしているのかはわからなかった。

しかし、ペニスには刺激が訪れている。ヌメヌメした感触の肉ひだが、ペニスにこすりつけられるような感触だ。

忘我《ぼうが》の境地に陥った将騎は、ほとんど無意識に朋美の体をまさぐった。主に背中とお尻だが、女とひとつになっている時間がじわじわとこみあげてくる。

朋美がキスをしてきた。それに応えて舌と舌をからめあわせれば、ますます一体感が増していく。朋美も興奮してきたらしく、ハアハアと息をはずませながら、ぐいぐいと腰を使ってくる。

これがセックスかと思った。

なるほど、オナニーとは全然違う。まるで別物の陶酔感がある。騎乗位のせいなのか、女体に包みこまれているような最高の気分だ。

このまま射精まで導かれたいと思った。中出しは厳禁と釘を刺されたから、出そうになったら早めに声をかけたほうがいいだろうけれど、それまではこの一体感を思う存分味わっていたい。

しかし、朋美が不意に上体を起こした。眼つきが完全に変わっていた。眼の焦点が合っていなかった。

「すごい濡れてる……」

股間をしゃくるように、クイッ、クイッ、と腰を前後に振った。先ほどまで聞こえていなかった音が、将騎の耳に届いた。ずちゅっ、ぐちゅっ、といういやらしすぎる肉ずれ音が……。

「手マンもしてもらってないのに、こんなにぐちゅぐちゅになるなんて、将騎のオチンチン、優秀だね……」

普段ならあり得ないワードチョイスでささやかれても、将騎はほとんど聞いていなかった。クイッ、クイッ、と朋美が腰を振るたびに、ふたつの胸のふくらみが、タップン、タップン、と揺れはずむからだ。その先端ではこちらを挑発するように、赤い乳首が卑猥なくらいに尖りきっている。

体を密着させていたほうが一体感を味わえたが、視覚のエロさはこちらのほうが何倍も上だった。

しかも朋美は、

「たくさん濡らしてくれたお礼に、見せてあげる……」

前に倒していた両膝を、片方ずつ立てた。男の腰の上で、M字開脚を披露したのである。

うわあっ……。

衝撃的な光景に、将騎はもう少しで声をあげてしまうところだった。朋美の股間は草むらが黒々と茂っているから、結合部がしっかり見えたわけではない。それでも、アーモンドピンクの花びらがチラチラと見えている。ペニスの胴体にぴったりと密着し、中に巻きこまれていくところが……。

たくさん濡れているというのは嘘ではないようで、ペニスの表面がヌラヌラした光沢でコーティングされていた。自分のものとは思えないほど、卑猥な姿になって、女の割れ目に咥えこまれている……。

「もっとよく見る？」

　朋美は両脚をM字にひろげた格好のまま、のけぞって後ろに手をついた。ペニスがずっぽりと刺さっている光景に、将騎は度肝を抜かれた。いや、あまりに大胆すぎる朋美の振る舞いに驚愕し、息もできない。

「ほら、ほら……もっとよく見て……将騎のオチンチン、わたしのオマンコに食べられてるよ……」

　言いながら、股間を上下に動かしだす。女の割れ目を唇のように使って、ペニスをしゃぶりたててくる。ぬんちゃっ、ぬんちゃっ、と粘りつくような肉ずれ音がたち、匂いの種類も変わった。汗と体臭の混じりあった甘い匂いではなく、獣の牝《めす》の発情を生々しく伝えてくる匂いに……。

「ああっ、ダメッ……気持ちいいっ……」

　朋美は鼻の下を伸ばしたいやらしすぎる顔で言うと、右手で結合部をまさぐった。正確に言えば、結合部の少し上——クリトリスがあるはずの部分を、指でいじっている。

　嘘だろ……。

将騎は眼を見開いた。セックスをしながらオナニーまでやりだすなんて、どこまでいやらしい女なのだろう。おそらく、大学の学食などでそんな話を聞いたら引いたはずだ。ドン引きするに決まっている。

だが、将騎のペニスはいま、朋美に咥えこまれていた。彼女が股間を上下させるたびに、気が遠くなりそうな快感が押し寄せてきて、ペニスは限界を超えて硬くなっていく。

そんな状態で、ドン引きなんてできなかった。むしろますます興奮し、まばたきも呼吸も忘れてオナニーをしている朋美を凝視してしまう。涎《よだれ》のように大量の蜜を垂らしている割れ目には、自分のペニスがたしかに刺さっていた。興奮しきって、頭がどうにかなってしまいそうだ。

「まっ、まずい……」

将騎はひきつりきった顔を朋美に向けた。

「でっ、出そうっ……もう出るっ……」

「待って。ちょっとだけ我慢して……」

そこからの朋美の動きは俊敏だった。腰をあげてペニスを抜くと、あお向けになっている将騎の横から身を寄せてきた。顔と顔が、息のかかる距離に来た。その体勢でネトネトになっているペニスを素早くつかむと、軽やかなリズムでしごきだした。

「おおおっ……」

性器とはまた違う刺激に、将騎はのけぞった。ヌメヌメした性器の感触も気持ちよかったが、女の手でしごかれるのも新鮮な体験だ。

「いいよ……出していいよ……」

朋美は瞳を潤ませ、眉根を寄せて、唇を半開きにしたいやらしすぎる顔でこちらを見つめながら、手筒を動かしつづけた。

将騎はもう、なにもできなかった。ただ、朋美の顔は見つめていた。こっちを見ながらイキなさい、と彼女の顔に書いてあるような気がしたからだ。

「でっ、出るっ……」

こみあげてくる快感に身をよじっても、眼を閉じることだけはできなかった。視線と視線をぶつけあったままでいると、喜悦の熱い涙が頬を伝った。涙が出るほどの快感を、将騎はこのとき、生まれて初めて体験した。

「おおおっ……おおおおーっ！」

野太い声をあげ、朋美の手の中で果てた。射精に至った瞬間、朋美のしごくピッチはあがり、ドクンッ、ドクンッ、ドクンッ、とたたみかけるように白濁液を放出した。途中から、放出しているというより、搾《しぼ》りとられているような感覚があった。

最後の一滴まで出しきると、放心状態に陥った。

大人の階段を一歩あがった将騎に、朋美はやさしく微笑みかけてくれた。

「いっぱい出たね」

将騎も微笑み返そうと思ったが、息があがっていたのでうまくできなかった。

ただ、自分の中で、朋美は大幅に格上げされた。友達から、想いを寄せる異性へと……いいやつから、いい女へと……。

5

夢はまだ続いていた。

こんなにリアルで長い夢を見たのは初めてかもしれない。

私鉄の駅から延々と二十五分も歩き、学生時代に住んでいたワンルームマンションにやってきた。ポケットを探ると鍵が見つかった。その鍵でドアは開いた。

まったく、夢というのは便利なものだ。

十三年ぶりに足を踏みこむ部屋は、ずいぶんと殺風景だった。血液型がA型のせいか、将騎はマメに掃除をするし、整理整頓も苦にならない。そもそも物を増やすことが好きではなかったので、当時からいまで言うミニマムな生活を実践していた。

「それにしても、ホントになんにもない部屋だな……」

溜息まじりに苦笑をもらす。

眼につく家具はシングルベッドとローテーブルくらいのもので、テレビもステレオもソファもない。ついでに言えば、炊飯器も冷蔵庫もまともな調理道具すらない。三十五歳になったいまあらためて見てみると、まるで刑務所みたいな部屋である。

クローゼットを開けると、なけなしの家財道具がある。布団に衣服にリネン、そして本棚……。

スケッチブックが眼についたので、本棚から抜いた。将騎には絵心がない。子供のころから褒められたことは一度もないが、このミニマムルームにはエンターテインメントがなにもないので、暇つぶしに絵を描くようになった。

篠宮夕希の絵だ。

スケッチブックを開いた。一枚、また一枚とめくっていくほどに、懐かしくて涙が出そうになってくる。決してうまい絵ではないのだが、彼女に対する想いが凝縮されている。当時の自分の一途さを思うと、全身から力が抜けていき、尻餅をつくようにしてベッドに腰をおろした。

「はぁーっ……」

悔やんでも悔やみきれなかった。

倉田朋美の誘いに乗ったことで、一度は諦めたはずだった。高嶺の花を遠くから眺めているより、手の届くところにいる朋美とセックス込みの恋愛をしたほうが、はるかに有意義な青春を送れるはずだと思った。

朋美の導いてくれた大人の世界はそれほど素晴らしく、射精後に見た彼女の笑顔はたまらなく魅力的だった。欲望に負けて篠宮夕希を諦めたわけではなく、本当は朋美のほうが好きだったのではないか、と自分で自分を騙そうとした。

だが……。

当の朋美は、将騎と恋愛する気など一ミリもなかったのである。

＊　＊

「今度さあ、遊園地に行こうよ」

セックスを終えたあと、誘ってみた。お互いもう服を着けていたが、将騎はまだ、生まれて初めて経験したセックスの余韻《よいん》に浸ったままで、風呂上がりのように頭がぼうっとしていた。

「やっぱ、デートといえば遊園地だよな。観覧車の中でキスしたり……」

「はあっ？　なに言ってんの」

朋美はゴキブリでも見たときのような顔をした。

「どうしてわたしがあんたとデートなんかしなくちゃいけないのよ？」

「いや、だって……」

将騎は困惑した。

「エッチしたってことは、俺たち付き合ってるわけだろ？」

「冗談はやめて」

朋美は失笑しながら首を横に振った。

「そういうつもりでしたんじゃないし。一回寝たくらいで彼氏面《づら》されたら、いくら温厚なわたしでも怒っちゃうよ」

「じゃあ、どういうつもりで寝たんだよ？」

将騎のほうが怒りだしそうだった。

「わたし、童貞とエッチするのが好きなんだもん」

朋美は悪びれもせずに言った。

「男ってさぁ、女を感じさせて支配者になったつもりでいるじゃない？　わたし、あれがたまらなく嫌なの。その点、童貞はなんでもわたしの言いなりだし、イクときなんて、泣きそうな顔でこっちを見てくるじゃない？　あれがたまらないのよ。将騎なんて本当に涙まで流してたもんね。ふふふっ、あれ、すっごい興奮しちゃった」

将騎は呆然とした。男としてのプライドがガラガラと音をたてて崩れ落ちていくようだった。

なるほど、こちらはなにもできなかったし、射精するときは涙だって流しただろう。そんなもの、初めてなのだからしかたがないではないか。

「いいこと教えてあげましょうか」

朋美が将騎の肩をポンと叩いた。

「うちの大学でわたしが童貞もらったの、十人以上いるから」

「えっ……」

将騎はさすがに絶句した。それはつまり、同級生の中に魔羅《マラ》兄弟が何人もいるということか……。

「童貞ハンターの仁義として、名前は絶対に言わないけどね。あなたもよけいなこと言わないほうがいいよ。ヤリマンに童貞食べられちゃったって、恥ずかしい思いするだけだから……」

朋美は小型犬のように顔をくしゃっとさせて笑うと、軽やかな足取りで部屋から出ていった。

将騎はベッドに腰かけたまま、うなだれていることしかできなかった。

「ちっ、ちくしょう……」

おのれの愚かさを、後悔してもしきれなかった。一瞬でも朋美のことを可愛いと思ってしまった自分を、ぶん殴ってやりたい。

たった一度きりの初体験を、あんな女に奪われてしまうなんて……。

残された事実は、欲望に負けて本当に好きな女を裏切ってしまったという事実だけ……。

なかったことにできないだろうか、と思った。ヤリマンの童貞ハンターも口だけは堅そうなので、今夜のことは誰にも言わず、まだ清らかな童貞のふりをしていれば……。

だが、他人を偽ることはできても、自分を偽ることは不可能だった。いくら童貞芝居をしたところで、自分で自分を裏切った事実は消えない。それどころか、朋美のほうが好きかもしれないと、自分で自分を騙そうとまでした。

俺は最低だ、と思った。

汚れてしまった自分にはもう、清らかな篠宮夕希を愛する資格はないと思った。残念ながら諦めるしかない……。

朋美のせいで女性不信になってしまった将騎はその後、堕ちるところまで堕ちていった。

女を心から愛することができなくなった一方、セックスだけはしたかった。なまじ経験してしまったせいで、童貞時代より欲望がはるかに強くなった。誰でもいいからやりたいというやけくそな欲望と、篠宮夕希を愛する資格を失った絶望感がないまぜになり、恥知らずなナンパを繰り返すようになった将騎はやがて、立派なヤリチン野郎となって、結婚してからも妻を泣かせることになる。

第二章　鉄壁のディフェンス

1

夜明け近くまで痛恨の人生を振り返っていた。枕を濡らしながらいつの間にか眠りに落ちてしまったようだ。

朝が来ても、将騎はまだ大学生のままだった。

部屋は殺風景なワンルームだし、鏡に映った姿は若く、朝勃ちの勢いは自分でも呆れるほどで、自慰でもしようかと思ったくらいだ。

あきらかにおかしかった。

こんなに長々と続く夢なんて見たことがないし、そもそも夢の中で眠るか？

それに、夢にしては突拍子《とっぴょうし》もない出来事が起こるわけでもなく、十四年前の日常が丁寧になぞられている。

「これってまさか……」

ＳＦ的な想像力に乏しい将騎でも、タイムリープという言葉が脳裏をよぎっていった。中身はそのまま、突然過去の自分に戻ってしまう現象である。

　そういうことが現実に起こり、よりにもよって我が身に降りかかってくるとは夢にも思っていなかったが、将騎は自分でも驚くほど冷静だった。

　過去の自分に戻った場合、たいていの人間が激しく取り乱して元の世界に戻るための方法を探しまわるだろう。

　しかし、将騎は元の世界に未練などなかった。元に戻って待っているのは妻との修羅場なのだから、未練なんてあるわけがない。

　その代わり、過去には痛恨が満ちあふれていた。欲望に負けてうっかり童貞を捨てたりしなければ、もっとまっとうな、誠意にあふれた男に生まれ変わることができるのではないだろうか？

　実際、昨日はうまく朋美の魔の手から逃れることができた。それだけでも未来は相当変わっているはずであり、酒場でナンパした尻の軽い女とできちゃった結婚しなくてもすんでいるかもしれない。

　いや……。

　もっとはっきり言おう。

自分がタイムリープしているのなら、篠宮夕希と恋仲になることだってできるかもしれないのである。

その夢が叶うのであれば、元の世界に戻れなくてもいっこうにかまわなかった。むしろ、こっちの世界でずっと生きていたい。二十一歳の童貞だったときは手も足も出なかった高嶺の花ではあるけれど、いまの将騎は中身が三十五歳。大人の男としての知識や経験があるし、ヤリチン暮らしで女の扱い方だって学んできた。

いまならば……。

この状況であるのなら、高嶺の花をゲットする奇跡を起こせるのではないだろうか？　いや、彼女と大恋愛を繰りひろげれば、高嶺の花と結婚する未来だってあるかもしれない。篠宮夕希と結婚できるなら、浮気なんて絶対にしない。清らかな一穴主義を貫ける自信がある。

作戦を考えた。

篠宮夕希のような真面目なタイプは、その場のノリでは絶対に口説き落とせない。まずは人間関係を築くことが重要だ。焦ってはいけない。若い男はすぐに焦って事を前に進めようとするが、女を落とすのはタイミングである。人間関係を築いたうえで、観察眼を鋭くしておけば、チャンスはかならず訪れる。距離を縮め、向こうの間合いに入るタイミングが……。

夕希はサークルに所属していないはずだから、近づく方法があるとすればバイト先一択だろう。

なんでも、ハンバーガーショップらしい。尾行をすれば、どこの店かは簡単に特定できるはずだ。ストーカーじみた真似をするのは不本意だが、これは人生のかかった大勝負である。どんな方法を使ってでも、かならずや夕希に接近してみせる。

（マジか……）

ロッカーの内側についた小さな鏡を見て、将騎は深い溜息をついた。黄色いサンバイザーに真っ赤なポロシャツ、それが店の制服だった。

夕希がアルバイトしているのは、自由《じゆう》が丘《おか》にある〈アメリカンバーガー〉というファストフード・チェーン。キャンパスから夕希を尾行して三日目で、店を特定することができた。すかさずアルバイトに応募し、無事採用されたものの、この制服はさすがに恥ずかしい。

将騎も学生時代にいくつものアルバイトを経験していたが、ファストフードで働いたことはなかった。派手な制服も嫌だったし、無駄に明るい雰囲気が苦手だったからである。

とはいえ、制服が派手ということには利点もあった。その店でアルバイトしているのは高校生と大学生が中心だったが、女子がとびきり可愛く見える。女子の制服は男子よりもはるかに凝っていて、ソフトボールのユニフォームみたいだ。胸に〈アメリカンバーガー〉のロゴが入ったベースボールシャツ、下はホットパンツで太腿が丸見え……もちろん生脚……。

キャンパスで見かける篠宮夕希はいつも清楚な格好をしているから、そんな彼女の太腿が見られるだけでも、尋常ではない眼福《がんぷく》だった。

しかも、ポニーテイルにサンバイザーで、「いらっしゃいませー、〈アメリカンバーガー〉へようこそーっ！」と黄色い声を放っているのだから、胸を躍らせないわけにはいかなかった。

将騎は鼻の下を伸ばさないように注意しながら、淡々と仕事をこなした。ポテトを揚げ、ハンバーガーを紙に包み、シェイクを入れる。

誰よりも真面目に、きびきびと働くことを心掛けた。まわりのバイト連中とは志が違うのだ。こちらは小遣い稼ぎのために時間を切り売りしているわけではなく、高嶺の花をつかむために汗水流している。真面目な夕希はきっと、真面目な男が好きに違いない。

一週間が過ぎた。

いちおう顔は覚えてもらったようで、夕希に会釈をされるようになっていたが、まだ会話は交わせていない。予定ではとっくに話をできるようになり、好きな食べ物や観たい映画や行きたい場所を探りだして、デートに誘う作戦を練っているはずだったのに、手をこまねいている自分にがっかりしてしまう。

その日はアルバイトを終えると、将騎はひとり、駅前の居酒屋に入った。今後の展開を考えるためだった。見た目は二十一歳でも、中身は三十五歳――酒でも飲まなければ考え事もできないのが、大人の男のつらいところだ。

「くぅ〜っ！」

冷えた生ビールを渇いた喉に流しこむと、自然と声が出た。見た目同様、経済力も二十一歳なので、いままで外で飲むのは控えていたのだが、いい気分転換になりそうである。しかも肝臓がピンピンしてるときた。

状況を整理してみた。

夕希のアルバイト先を突きとめ、同じ店で働くことになったのはいいとして、どうしてなかなか距離が縮められないのか？

お通しの枝豆を食べながら、ハッと気づいた。三十五年間生きてきたとはいえ、将騎にはまともな恋愛経験がなかった。

朋美に童貞を強奪されたせいで、将騎は女性不信に陥った。といっても、性欲はありあまっていたから、「好きな女よりやれる女」をモットーに、手当たり次第に女を口説いてまわった。

だから、その場しのぎのトークはできても、語り合ったりすることはできない。告白なんてしたことがないし、好きだとか愛しているという言葉を口にしたこともない。思っていないのだから、口にできるわけがない。

つまり……。

欲望で穢《けが》れていない男女交際をしたくても、まったく役に立たない経験しかしてこなかったわけである。この胸に灯った熱い思いを伝えたいのに、伝える言葉が思いつかない。

「ふーーーっ」

深い溜息がもれた。

篠宮夕希を攻略するのは、思った以上に難しいのかもしれなかった。ただでさえ相手は高嶺の花なのだ。中身が三十五歳というアドヴァンテージが活かせないなら敗色濃厚。せっかくタイムリープしてきたのに、まともな恋愛経験がゼロということは、童貞みたいなものではないか。

「くっ……」

ポケットを探っても、年季の入ったガラケーしか出てこない。ここにスマホがあれば、「女子大生の口説き方」でソッコー検索をかけるのに……。

「すいません……お酒ください。冷やで二合ね」

将騎は本格的に飲みはじめた。酔っ払って思いつく作戦なんてろくなものじゃないことはわかっていたが、飲まずにいられなかった。

2

将騎は千鳥足で店を出た。

枝豆だけをつまみに日本酒を四合も飲んでしまい、その前には生ビールも飲んでいる。かなり酔っていたが、飲むほどに、酔うほどに、さらに飲みたくなるのがアルコールの恐ろしいところだ。

いったん電車に乗ったものの、乗り換えの渋谷駅で街に出た。道玄坂《どうげんざか》をあがったところに、激安居酒屋があることを思いだしたからだった。貧乏学生の溜まり場として有名なところで、学生時代によく行っていた。

しかし……。

店に辿りつく前に、知っている人間とばったり出くわしてしまった。道玄坂を曲がったところで、前から根本《ねもと》涼子《りようこ》が歩いてきた。

「あら、なにやってるの？　こんなところで……」

涼子は二十九歳、〈アメリカンバーガー〉自由が丘店のマネージャーだ。将騎は彼女に面接され、採用された。

「まさか……」

涼子はハッと眼を見開き、手で口を押さえた。

「ありあまる欲望を、お金で解決しようとしてるんじゃ……」

近くには都内有数のラブホテル街があり、風俗店も林立している。

「やめてくださいよ、濡れ衣を着せるのは。僕はそこの〈爆弾酒場〉に行こうと思っただけで……」

「激安で有名な？」

「貧乏学生なもので……」

「ひとりで飲むわけ？」

「ええ、まあ……」

涼子の眼が輝いた。

「だったら、わたしがご馳走してあげるから、もっといいところで飲みましょうよ。わたしもひとりなの。友達と約束してたのにドタキャンされて、頭にきてひとりで飲んでたところ……」

彼女はしたたかに酔っていた。足元がふらついているし、呂律《ろれつ》もあやしい。人の悪口を言うのは本意ではないが、仕事をしているときとは別人のようにだらしない感じがする。

いきなり腕を組まれ、

「いや、その……まいったな……」

将騎はしどろもどろになった。

涼子は有り体《ありてい》に言って美人だった。顔立ちが整っているだけではなく、スタイルが抜群で、凛としている。いまも黒のタイトスーツにハイヒールだが、店でもその格好なので、威圧感がすごい。威圧感がある美人は怖いから、バイトの高校生や大学生は、例外なく彼女のことを恐れている。

そんな人にいきなり飲みに誘われ、あまつさえ腕まで組まれたのだから、動揺するなと言うほうが無理な相談だった。現実には将騎のほうが六つも年上なのに、涼子のペースに巻きこまれそうだ。関わり合いにならないほうがいい、ともうひとりの自分が耳元でささやく。

とはいえ、将騎のほうも酔っていた。ここで涼子と仲よくなっておけば、後々味方になってくれるのではないかと、よこしまな考えが脳裏をよぎった。もしかすると、夕希に接近するための、力強い協力者になってもらえるのではないだろうか？

「ほらーぁ、早く行きましょうよぅ」

呂律があやしいので、涼子のしゃべり方は妙に甘ったるくなっていた。この女はツンデレに違いない、と将騎は確信した。普段は凛としていても、プライヴェートでは甘えん坊になるタイプだ。

「わかりました……じゃあちょっとだけ……」

腕を引っぱられて歩きだした。目的地も告げずに、涼子は夜道を進んでいく。

路地の奥へ奥へと向かって……。

「いや、あのっ！」

将騎は驚いて立ちどまった。涼子がラブホテルに入ろうとしたからだ。

「お酒を飲みにいくんじゃないんですか？」

「勘違いしないでね。ホテルに入ったからって、エッチするわけじゃありませんから。ただ靴を脱いでリラックスして飲みたいだけ。男の子にはわからないだろうけど、ハイヒールってものすごく疲れるんだから」

そう言われても、将騎は即座に納得することができなかった。

腕を組まれているから、豊満な乳房が肘にあたっていた。わざと押しつけているような気もする。なにより、涼子の眼つきがあやしすぎる。エッチな匂いがする。せっかく朋美の魔の手から逃れ、清らかな童貞を守ったというのに、こんなところでヘマをするわけにはいかない。

涼子の左手の薬指には、銀色の指輪が光っていた。詳しいことは知らないが、既婚者であることは間違いない。三十五歳の将騎は知っている。ひと夜限りのアバンチュールにもっとも引っかかりやすいのは、人妻だ。セックスレスとかダンナの浮気とかで、鬱憤《うつぷん》を溜めやすいからである。

「ほらーぁ、早く入りましょうよぅ。こんなところに立ってるほうが、よっぽど恥ずかしいでしょ」

たしかに、通行人がチラチラとこちらを見ていた。ホテルに入るか入らないか──つまり、セックスをするかしないかでモメているカップルだと思われているらしい。不本意にも程がある。

しかたなく、涼子と一緒にホテルに入った。受付にあるパネルで、涼子は鼻歌まじりに部屋を選んだ。壁や天井が鏡張りだったり、大人のオモチャの自動販売機があるところだったら嫌だなと思ったが、ペンションふうのシンプルな内装だったのでホッとした。もちろん、窓は嵌《は》め殺《ごろ》しだったが……シンプルな内装でも、隠しきれない淫気のようなものがこもっていたが……。

「ね、リラックスして飲めそうでしょ？」

涼子は冷蔵庫から缶ビールを二本取りだすと、一本を将騎に渡して、ソファに腰をおろした。ハイヒールを脱いだ足を、楽しげにぶらぶらさせている。

「座りなさいよ」

ポンとソファを叩かれ、

「はあ……」

将騎はおずおずと隣に腰をおろした。ふたり掛けでも、それほど広いソファではなかった。たぶんわざとだろう。座っただけでいまにも体が密着しそうな距離に来る、ラブホテル仕様のラブソファだ。

「乾杯！」

お互いに缶のままビールを飲んだ。せっかく綺麗な顔をしているのだから、グラスに注ぐ心遣いくらい見せればいいのに……。

「どう？　仕事にはもう慣れた？」

「ええ、まあ……」

「人間関係には気をつけてね。うちみたいなところ、サークル感覚でバイトを始めて、仕事そっちのけで恋人探しに勤《いそ》しんでいる人もけっこういるけど、わたし、そういうの大っ嫌いだから」

マネージャーとバイトがラブホテルに入るのはいいんですか？　と訊いてやろうかと思ったがやめておいた。

それにしても、あまりに距離が近いので、眼のやり場に困る。視線を落とせば、涼子の脚が見える。すらっとした美脚だが、ストッキングに包まれた爪先《つまさき》が妙にエロい。ナチュラルカラーのナイロンに、赤いペディキュアが透けている。

「そうだ！」

涼子がわざとらしいほど明るい声で言った。

「せっかくだから、わたし、お風呂に入ってこようかな」

将騎は息を呑んだ。

どう考えても、それはまずい展開だった。シャボンの香りをまとった湯上がりのボディをバスローブで包めば、こちらを容易に誘惑できると思っているのだろうか？　やはり、最初からその気でホテルに入ったのか？　ありあまる欲求不満を、バイトの体を使って晴らそうと……。

現実世界の三十五歳なら小躍りして据え膳をいただいただろうが、そういうわけにはいかなかった。

職場環境をよくするため、酒に付き合うくらいならべつにいいが、涼子に童貞を捧げるわけにはいかない。朋美よりはずっとマシな気がしないでもないが、童貞は篠宮夕希に捧げることに決めている。

ここはひとつ、冷や水をかけてやったほうがいいのかもしれなかった。彼女は酔いすぎている。少し正気に戻ってもらおう。

「あのう……」

将騎は涼子の左手を指差した。

「結婚なさってるんですよね？」

今度は涼子が息を呑んだ。みるみる顔色を失っていく。冷や水作戦は成功したようだった。ワンナイトスタンドを辞さない欲求不満の人妻でも、実は夫を愛しているという場合も少なくない。

だが、涼子の口から放たれたのは、思ってもいなかった言葉だった。

「三カ月前に離婚したの……」

さすがに絶句した。

「まだ指輪をしてるのは、抜けなくなっちゃったから……結婚したときより、指が太くなったんでしょうね……」

やけに神妙な顔で言われ、将騎は動揺した。

「ううん、本当はそんなの言い訳かも……嫌いになって別れたわけじゃないし……性格の不一致って言葉を思い知らされたな……嫌いじゃないのに……大好きなのに……あの人と一緒に生活していくのは無理だった……みっともないわよね、未練がましくて……」

涼子の眼が涙で光り、眼尻を指先で拭《ぬぐ》う。まいったな、と将騎は胸底でつぶやいた。まさか冷や水が効きすぎて、泣かせてしまうとは思わなかった。涼子は両手で顔を覆い、本格的に泣きはじめた。

傷心の女に深入りするのは禁物だった。やさしく慰めてやれば一発やるのは簡単だろうが、やったらやったでその後が面倒くさいのが、この手の女の特徴だ。どれだけ美人でも、情緒不安定な女には絶対に関わらないほうがいい。

逃げるタイミングを計った。

とりあえず涼子に風呂に入ってもらい、その隙に書き置きを残してダッシュで逃亡――これがもっとも安全かつスマートなやり方だろう。

しかし……。

「やだもう。わたし、人前でこんなに泣いたの久しぶり……」

涼子は足元に置いてあったトートバッグを膝に載せた。ハンカチを取りだすためだろうと思ったが、バッグは口を開いた状態で真っ逆さまに膝から落ち、絨《じゅう》毯《たん》に中身がぶちまけられた。

えええっ……。

将騎はもう少しで叫び声をあげてしまうところだった。

ハンカチやガラケーやコスメに混じって、ヴァイブが中から出てきたからだ。

それも、びっくりするほど極太で長大なサイズだった。紫に金銀のラメが散りばめられ、表面にイボイボがついているデザインもえげつない、淫乱御用達《ごようたし》としか言い様のない大人のオモチャである。

3

意味がわからなかった。

涼子は黒いタイトスーツを着ていた。数時間前まで、その格好で〈アメリカンバーガー〉のマネージャーとして働いていた。トートバッグもシンプルな黒革製で、どう見ても通勤用のものである。

その中に、どうしてヴァイブが入っているのだろう？

しかも剝《む》きだしで……。

「……見たわね？」

金縛りに遭ったように動けない将騎を、涼子が涙眼で睨んできた。

「これを見られたからには、もうタダじゃ帰せないわよ……」

嵌められた、と将騎は天を仰ぎたくなった。これは涼子の策略に違いなかった。自分の色気で男をその気にできたなら、それでよし。傷心芝居で男の同情を誘えたなら、それでもよし。それらがすべて通用しなかった場合の保険に、ヴァイブを持ち歩いていたというわけだ。

将騎と会う前は、バッグをひっくり返しても恥をかかないよう、ポーチにでも入れられていたに違いない。ラブホテルに入ってからのどこかの段階で、バッグの中でヴァイブを剝きだしにしたのだ。

タイトスーツに身を包んだ凜としたアラサー美女と、グロテスクなヴァイブの組み合わせは、ギャップとしてはエロすぎる。ここまでやって陥落できない男なんていないに違いない。篠宮夕希に童貞を捧げると胸に誓っている将騎でさえ、涼子がヴァイブを咥えこみ、あんあん悶《もだ》えているところを想像して、勃起してしまったくらいだ。

「わたしはいやらしい女なのよ……」

涼子はついに開き直った。

「お店では堅物みたいな顔で働いているけど、本当はエッチが大好きで、男がいないと夜も眠れない。でも……さすがに離婚して三カ月で別の男と付き合うのもどうかと思って、ヴァイブなんか買ってみた……思ったよりも気持ちよかったけど、やっぱり生身の男には敵《かな》わないわね……だから今日は……正体失うまで酔っ払って、ナンパされてやろうって覚悟決めてきたけど……」

その先は、言われなくてもわかった。誰も声をかけてくれなかったのだ。たとえ涼子本人がその気になっていても、彼女のように強そうな女に声をかける男は極めてレアだろう。軽い気持ちで声をかけたりしたら、引っぱたかれそうな雰囲気なのである。

「だから、今夜だけ付き合って……明日になったら全部忘れる、後腐れのない関係……もちろん、たくさんサービスしてあげる……ダンナにはできなかったとびきりエッチなことをしてもいい……だから……だから……」

涼子ににじり寄られ、将騎は後退《あとずさ》った。とはいえ、狭いソファなので、すぐに逃げ場を失ってしまう。

これが元にいた世界なら、手放しで喜んだはずだ。これほどおいしそうな棚ボタは、前代未聞と言っていい。いままで抱いた女の中でも、涼子ほどの美人はいなかったし、限界まで欲求不満を溜めこんでいる。すさまじい肉弾戦が繰りひろげられることは間違いない。

しかし……。

「すっ、すいませんっ！」

将騎はソファから立ちあがり、涼子の足元で土下座した。

「マネージャーは女性としてとっても魅力的だし、誘ってもらって光栄ですが、ダメなんです……エッチだけはどうしてもできません」

「……なんで？」

「心に決めた人がいるんです。僕はまだ童貞だから、それをその人に捧げることに決めてるんです」

涼子は鼻白んだ顔になり、ポツリと言った。

「真面目なのね……」

「すいませんっ！　本当にすみませんっ！」

「まあ、真面目な男は嫌いじゃないけど……ヤリチンよりはよっぽどマシだと思うけど……」

「わかってもらえますか！」

「まあねえ……」

「じゃあ、もう帰っていいですね？」

「ダメに決まってるでしょ！」

鬼の形相で一喝された。

「わたしはとっても恥ずかしい秘密を、あなたに握られちゃったのよ。バッグにヴァイブを入れている女なんていう噂がお店中に流れたら、わたしもう、生きていけない……」

「誰にも言いませんよ」

「口約束じゃ信用できません」

「どうしろっていうんですか……」

「あなたも恥をかきなさい」

涼子は口許《くちもと》に不敵な笑みを浮かべた。

「そうね。童貞を奪うのはさすがに可哀相だから、オナニーしているところを見せて。それでチャラにしましょう」

将騎はギリリと歯嚙みした。わざとバッグをひっくり返してヴァイブを見せつけてきたに決まっているのに、とんでもない言い草だった。

一方の涼子は、立ちあがって上着のボタンをはずしはじめた。上着を脱ぐと、続いてスカートのホックをはずし、ファスナーをさげていく。

「なっ、なにやってるんですか？」

将騎があわてて訊ねると、

「オナニーにはおかずが必要でしょう？」

涼子は白いブラウスも脱いだ。ブラジャーとパンティは、燃えるようなワインレッドだった。ブラジャーのカップは頭に被れそうなほど大きく、パンティはかなりきわどいハイレグで、股間にぴっちりと食いこんでいる。

「いっ、いや……いいですから……おかずなんていりませんから……」

言いつつも、将騎の視線は涼子のセクシーランジェリー姿に釘づけだった。性格的なことはともかく、脱いでも極上の女だった。素肌は真っ白だし、バストは大きいし、腰なんて蜜蜂のようにくっきりとくびれて、太腿もムチムチ具合が悩殺的すぎる。

「遠慮することないでしょ。わたし、こう見えて、大学のミスコンで最終審査まで残ったことあるんだから」

「……グランプリじゃなかったんですね？」

「やなこと言うわね。そのときのグランプリ、いま民放のエース女子アナよ。そんなのに勝てるわけないでしょ」

両手を背中にまわし、ブラジャーのホックをはずす。すぐにカップを押さえたのでまだ乳房は見えなかったが、将騎はごくりと生唾を呑みこんだ。

「ほらぁ、あなたも早く脱ぎなさい。もう勃起してるんでしょ？」

「……してます」

将騎が前屈みになってうなずくと、涼子は鬼の首を取ったように笑った。

「でっ、でも、エッチはしませんからね……童貞だけは捧げられませんから、それだけは約束してください」

「オッケー、オッケー」

勃起しているのを白状したのがよほど嬉しかったのか、涼子は満面の笑みを浮かべてうなずいている。

将騎は立ちあがり、シャツとTシャツを脱いだ。ベルトをはずす段になると、自分の手が震えていることに気づいた。顔もひどく熱くなっていた。女の前で裸になることが恥ずかしい——そんなはずはないのに、羞恥《しゅうち》の感覚も二十一歳のころに戻ってしまったのだろうか？

ズボンと靴下を脱いでブリーフ一枚になると、前が大きくふくらんでいた。涼子が眼を輝かせ、それを見つめてくる。将騎の顔はますます熱くなり、まるで燃えているようになった。

「早くそれも脱ぎなさい」

涼子は命令口調で言うと、ブラジャーを取った。堂々と胸を張り、たわわに実った真っ白い双乳を見せつけてきた。驚くほど立体的な乳房だった。砲弾状に迫りだしているのに、裾野が垂れていない。巨乳にして美乳、そのうえアラサーにもかかわらず、乳首がピンク色だ。

態度は扇情的かつ挑発的でも、将騎は見逃していなかった。ほんの一瞬のことだが、ブラジャーを取ったとき、涼子は眼の下を赤く染めた。二十九歳の羞《は》じらいがいやらしすぎた。ペニスも素直に反応し、ブリーフに締めつけられているのが苦しくなったくらいだ。

将騎は最後の下着をずりおろし、爪先から抜いた。無防備になったペニスが唸りをあげて反り返り、湿った音をたてて下腹に張りつく。我ながら頼もしくなるような勃ちっぷりだった。これほど勢いよく勃っているのに女を抱けないなんて、それはそれでつらいものがある。

「立派なオチンチンじゃない？」

涼子が舌なめずりしながら近づいてきた。前屈みになると、ただでさえ大きな乳房がよけいに大きく見えた。

「そんなに興奮してるなら、エッチしちゃわない？　大丈夫よ。明日眼を覚ましたら、童貞に戻ればいいんだから」

「戻れるわけないでしょ！」

将騎は涙眼で涼子を睨んだ。涙ぐんでしまいそうなほど、セックスがしたくてたまらなかった。しかし、自分で自分は偽れない。篠宮夕希が好きだという気持ちを裏切りたくない。

「オッ、オナニーすればいいんですね？　オナニーすれば……」

「そうよ。いつもどうやってしてるの？」

「そっ、それは……だいたい、ベッドであお向けになって……眼をつぶって……」

「妄想派なのね。でも、今日はわたしを見ながらしなくちゃダメよ。秘密を共有するのが目的なんだから」

「わかりましたよ」

「じゃあ、ベッドに横になりなさい」

涼子にうながされ、将騎は大きく息を吐きだしてから、ベッドの上であお向けになった。どうしてこんな目に遭わなくてはならないのかわからなかったが、オナニーはしたかった。射精がしたくてしたくて、頭がどうにかなりそうだ。

4

実のところ、将騎には女の前でオナニーをしたことが一度あった。

たまにはそういうことをしてみるのも刺激的かもしれないと思い、女に見守られながらペニスをしごいてみたのだが、まったく面白くなかった。恥ずかしさも感じなかった代わりに、性的な興奮もほとんどなく、馬鹿馬鹿しくなって女を押し倒し、すぐにセックスに移行した。

だから、いま恥ずかしくてたまらないのは、童貞だからなのだろう。セックスの経験が一度もなく、異性の前で裸になったことさえないのに、オナニーを見せるのはかなりのハードプレイだ。

「ううう……」

羞恥にうめきながら、ペニスをしごきはじめた。いくら恥ずかしくてもやらなければ終わらないし、さっさと男の精を吐きだして、痛いくらいに勃起しているこの苦悶からも逃れたい。

「どう？　気持ちいい？」

横側に座っている涼子が、将騎の顔をのぞきこんでくる。

「ほら、おかずにしていいのよ？　あなたおっぱい星人？　おっぱい嫌いな男なんてこの世にいないもんね」

言いながら双乳を支え持ち、タプタプと揺する。サイズが大きいので、揺れ方もまた大きい。重量感が生々しく伝わってくる。

「はっ、恥ずかしくないんですか？」

将騎が悔しげに言うと、

「おっぱい見られて？　べつに恥ずかしくないわよ。だって、わたしのおっぱい綺麗だもん。大きいのに垂れてないし、乳首はピンクだし」

涼子はドヤ顔でますます激しく双乳を揺らした。

たしかに綺麗な乳房かもしれない。容姿が売りの民放のエース女子アナでさえ、これほどの巨乳にして美乳の持ち主ではないかもしれないが、彼女は根本的に間違っている。

男という生き物は、乳房の大きさや美しさに反応して興奮しているわけではないのだ。たとえ貧乳でも、見られることを激しく羞じらう女のほうが興奮するに決まっている。涼子にしたって、先ほど垣間見《かいまみ》えた羞じらいを前面に出し、「見ないで、見ないで」と顔を真っ赤にしていれば、頭に血が昇った将騎が押し倒さないとも限らないのに……。

「それじゃあ、本格的におかずになってあげよっかな……」

涼子は双乳を揺するのをやめて腰をあげると、あお向けに横たわっている将騎の顔を挟むようにして仁王立ちになった。

「なっ、なにするんですか？」

「だから、おかずになってあげるって言ってるでしょ」

涼子の右手が、ワインレッドのパンティに飾られた下半身に這っていった。と同時に、長い美脚がガニ股になった。股間にぴっちりと食いこんでいるパンティの上から、右手の中指が割れ目をゆっくりとなぞりだす。

エッ、エロすぎるだろ……。

将騎は啞然《あぜん》とした。昼間の彼女は、バイトの若者たちに恐れられている存在だった。声を荒らげたりするからではなく、その凜とした美しさによって威厳を保っている。この人を怒らせたらまずいことになりそうだという雰囲気が、店内にいい意味での緊張感をもたらしているのである。

その涼子が……。

パンティ一枚で男の顔の上でガニ股になり、股間をまさぐっているなんて、非現実的な光景としか言い様がない。下着越しとはいえ、割れ目やクリトリスを刺激しては、腰をくねらせている。やがてハアハアと息をはずませはじめると、左手で乳房を揉みはじめた。真っ赤なネイルをしている細指を、ぐいぐいと白い隆起に食いこませて……。

「あああっ……」

涼子はせつなげに眉根を寄せた顔で見つめてくると、

「人に見られながらオナニーしたの初めてだけど、けっこう興奮するね……」

半開きの唇をわななかせながらささやいた。

絶対に嘘だ、と将騎は思った。彼女は間違いなく、人にオナニーを見せるのが好きなのだ。だからこそ、将騎にもオナニーを見せろと言ってきたと考えれば、思考回路の辻褄《つじつま》も合う。

だいたい……。

先ほどは離婚を告白して泣いていたが、その原因も涼子がいやらしすぎるからではないのか。いくら美人でも、性欲旺盛《おうせい》なうえ変態チックなプレイも好むとなれば、男はそのうち疲れ果ててしまう。

「これも脱いであげましょうか？」

涼子がパンティのフロント部分をつまんで言った。

「わたしもう、たぶんびしょびしょになってるから、このままだと下着を汚しちゃいそう」

「ぬっ、脱げばいいんじゃないですか……」

将騎はできるだけ素っ気なく言った。パンティの中は是非とも拝んでみたかったが、物欲しげな顔をすると足元を見られると思ったからだ。

「でもねえ、こんなわたしでも、全部脱ぐのは恥ずかしいのよ。エッチのときは別よ。しがみついちゃえば、お股は見られないじゃない？　でも、あなたはわたしを抱いてくれないのよね。なのに見せるっていうのは……」

言いつつも、右手で股間をまさぐるのをやめようとしない。腰のくねり方はいやらしくなっていく一方だし、左手に至っては乳首を指でつまんでいる。

「見たいなら、なにが見たいかきちんと言って」

一瞬、なにを言っているのかわからなかった。次の瞬間、ハッと気づいて顔が熱くなった。

「ほら、なにが見たいか言ってごらん……」

涼子はパンティのフロント部分を掻き寄せると、紐状にして股間に食いこませた。長い美脚はガニ股のまま、クイッ、クイッ、と紐状になったパンティを引きあげる。リズムに乗って、股間までしゃくりはじめる。

マ、マジか……。

その動き自体も、我慢汁が大量に噴きこぼれ、包皮の中に流れこんでニチャニチャと音をたてるほど興奮したが、将騎の視線は股間に釘づけにされていた。紐状に搔き寄せられたパンティの横幅は、一センチにも満たないだろう。にもかかわらず、その両脇は真っ白だ。あるべきものが、ない。

パイパンなのだ。

いまでこそ、廉価《れんか》で手軽に脱毛する方法があるが、十四年前にはかなりの金がかかったはずだ。当時からパイパンにしているなんて、相当な意識高い系ということになる。

いや、そんなことより、パイパンとなれば、女性器が剝きだしになっている。陰毛に邪魔されずに割れ目が拝めるし、尻の穴のまわりまで無駄毛はいっさいないだろう。アラサーのバツイチなのに、少女のようにつるんつるんなのだ。

見たかった。

ただ見るだけなら、篠宮夕希を裏切ることにはならないだろう。彼女を愛する自分の気持ちは少し穢れることになりそうだが、そんなことを言いだしたらAVひとつ見ることができない。見るだけなら大丈夫だ。見るだけなら……。

「みっ、見せてください……」

興奮に上ずった声で将騎は言った。

「なにが見たいの？」

涼子がニンマリと笑う。

「パッ、パンツの中……」

「パンツの中の、なに？」

「ううう……」

将騎は真っ赤な顔で唸った。これもまた、巧みに仕掛けられた羞恥プレイだ。童貞にはなかなか効く。

「ほら、言ってごらんなさいよ。パンツの中のなにが見たいの？」

「……ォマンコ」

蚊の鳴くような声をかろうじて出した。

「誰のオマンコ？」

綺麗な顔してそんなことを言ってもいいのかと、将騎の体は震えだした。

「マッ、マネージャーの……」

「いまはただのひとりの女よ。涼子って名前の」

「りょ、涼子さんの……ッコが……見たい……」

「聞こえない」

「涼子さんのオマンコが見たいですっ！」

「ふふふっ……」

涼子は勝ち誇るように笑った。

「わたしのオマンコね、とっても可愛いわよ。お手入ればっちりで、つるつるのピカピカ」

「そっ、そうですか……」

「でもね、男の人にとったら、オマンコってグロく見えるものじゃない？　たとえそう思っても、絶対に口には出さないで。できるだけ褒めて。わたし、顔やスタイルを褒められるのには慣れてるけど、オマンコ褒められるのには慣れてないから、気分があがるはず。恥ずかしいオマンコ見せるんだから、それくらいはしてよ」

「……わかりました」

将騎がこわばった顔でうなずくと、涼子は片脚ずつあげてワインレッドのパンティを脱いだ。股間が真っ白だった。こんもりと盛りあがった恥丘の形状がはっきりとわかる。考えてみれば、AVでは見たことがあるけれど、生身のパイパンを拝むのは初めてだ。

「じゃあ、よーく見て、わたしの可愛いオマンコ……」

涼子が腰を落としてきたので、将騎の顔はますますこわばった。涼子は和式トイレにしゃがむ要領で、将騎の眼と鼻の先に無毛の性器を突きつけてきた。アーモンドピンクの花びらが見えた。肉厚でサイズは大きめだった。パンティを食いこませていたせいだろう、少しめくれて蜜のしたたる薄桃色の粘膜まで見えている。その光景は可愛いというより、ただひたすらにいやらしく、将騎はまばたきができなくなった。

見た目だけではなく、匂いもすごかった。なにしろ眼と鼻の先にあるので、熱気と湿気を孕《はら》んだいやらしい匂いが、むんむんと漂ってくる。胸いっぱいに息を吸いこむと、体の内側を淫ら色に染められていくような気がする。

「ほら、ちゃんと褒めて……」

涼子が右手の人差し指を割れ目の両脇に添え、ぱっくりと開く。逆Vサインになった指の間から、薄桃色の粘膜がこぼれた。まるで呼吸をするように、ひくひくと蠢《うごめ》いている。

「きっ、綺麗です……涼子さんのオマンコ、とっても……」

「陳腐な褒め言葉ね」

「色も形も、こんなに綺麗なオマンコ見たことありません」

「やーね……」

涼子はクスリと笑った。

「童貞なんだから、他のオマンコ見たことあるわけないでしょ。もしかして、無修正動画の話？」

やばい、そうだった……。

現実の世界では、将騎は三十五歳。愛のないヤリチン野郎として百人以上の女性器を見ているが、涼子のそれは三本の指に入るくらい本当に綺麗だった。アーモンドピンクの花びらが、肉厚で大ぶりなのがいい。挿入し、ピストン運動をしたときの、弾力と吸いつき具合を生々しく想像させる。

「なんだか……見られてたら興奮してきちゃった……」

涼子は瞼《まぶた》を半分落としたセクシーな顔でささやいた。とっくの昔に興奮してただろ、と将騎は思ったが言わなかった。割れ目をひろげていた指が、クリトリスをいじりはじめたからだった。

「エッチなことしてるね、わたしたち。お互い指一本も触れないでオナニーを見せあうなんて、普通にエッチするより刺激的かも……」

言いながら、敏感な肉芽《にくが》をねちねちと撫で転がす。尺取虫のように指を動かし、割れ目をなぞる。よほど濡れているのか、すぐに猫がミルクを舐めるような音がたちはじめる。

将騎もペニスをしごきはじめた。パンティを脱いでほしいと懇願したあたりから、しごくのをストップし、握りしめていただけだった。あらためてしごきだすと、あまりの快感に身をよじらずにはいられなかった。目の前の光景がガラッと変わったせいで、先ほどより感じるようになっている。

「ずいぶん気持ちよさそうじゃないの？」

真っ赤な顔で身をよじっている将騎を見下ろし、涼子が妖艶に笑う。

「でも、勝手に出したら許さないからね。いい？　イクときは一緒。先に出したらダメ。呼吸を合わせて一緒に昇天しましょう」

将騎はうなずいた。若いころならいざ知らず、場数を踏んでいるので射精のタイミングくらいコントロールできると思った。むしろ遅漏気味なので、置いてけぼりを食らうことはあっても、先に出してしまうようなヘマはしない。

だが……。

中身は三十五歳でも、体は童貞の二十一歳であることを忘れていた。パイパンの股間を凝視し、その匂いを顔中に浴びながらペニスをしごいていると、一分と経たないうちに射精の前兆が訪れた。腰のあたりがざわつきはじめたと思ったら、あっという間にペニスの芯が甘く疼《うず》きだした。

「おおおっ……おおおおおっ……」

将騎は驚いて野太い声をもらした。普通なら、この状態からでも射精を我慢できるのに、できなかった。すこすこ、すこすこ、とペニスをしごいている右手はピッチをあげていくばかりで、まるでブレーキの壊れたクルマのようにストップが利かない。むしろ、射精に向かって猛スピードで突っこんでいく。

「おおおおっ……うおおおおおーっ！」

雄叫《おたけ》びとともに、熱い粘液をドピュと吐きだした。

涼子はペニスに背中を向けているので、なにが起こったのかわからないようだった。射精の快感にのたうちまわりながら激しく身をよじっている将騎を見下ろし、眼を真ん丸に見開いている。アラサー美女に射精時の表情をさらしながら、将騎は長々と男の精を漏らしつづけた。

5

将騎はベッドの上に正座し、がっくりとうなだれている。射精したばかりのペニスはちんまりし、そこまでなんだかうなだれているようだ。

傍《かたわ》らにいる涼子は、美しくも淫らなボディをさらしながらも、しらけきった顔でポリポリと頭をかいている。

「どうしてくれるのよ？」

長い髪をかきあげ、吊りあがった眼で睨んできた。

「わたし言ったわよね？　イクときは一緒って約束したわよね？　なのに断りもなく出しちゃうなんて、いくらなんでもひどすぎない？」

「……すいません」

男が暴発したくらいでそんなに目くじらを立てるから、離婚する羽目になったんじゃないですか？　と思ったがもちろん言えない。

「答えなさいよ」

肩を押された。

「この責任をどうとってくれるのかって、わたし訊いてるんだけど」

「……オナニーして恥はかいたので、もう勘弁してくれませんか？」

「するわけないでしょ。わたしまだイッてないのよ。生殺しで家に帰れっていうの？　わたしいま実家住みだから、落ちついてオナニーもできないんだから」

「じゃあ、ここにひとりで残ってするとか……」

「却下。約束を破った罰として、わたしがイクまでクンニしてもらう」

「そっ、それは……」

将騎は泣きそうな顔になった。

「それは許してください」

「どうしてよ。童貞は守られるんだからいいでしょ」

「そこまでしたら、清らかな童貞じゃなくなっちゃいます」

「もうとっくに清らかじゃないわよ。オナニーしてるところ見せて、射精までしてるんだから」

「そうかもしれませんが、クンニだけは……」

そのとき、将騎はハッと閃《ひらめ》いた。

「じゃあ、こういうのはどうです？　クンニはできませんが、涼子さん愛用のヴァイブで、オナニーのお手伝いをしますよ」

いったんベッドをおり、ソファの上に置かれていたヴァイブを手にした。極太にして長大、紫色の表面にイボイボがついたそれは、見れば見るほどグロテスクで、涼子がこんなものでオナニーしていると思うとドン引きするしかなかったが、頼りになるバディになってくれそうである。

ところが、ベッドに戻ると涼子の顔色が変わっていた。憤怒で赤く染まっていた顔が、なんだか青ざめている。

「どうかしましたか？」

「そんなもの持ってこないで」

青ざめた顔をそむける。

「どうしてです？　いつも使ってるんでしょ？」

「……使ってない」

「えっ？」

「自棄になって買ってみたけど、さすがに大きすぎて……まだ一回も……」

「嘘つかないでくださいよ」

将騎はきっぱりと言い放った。ヴァイブにはどう見ても使用感があった。こんなものを中古で買い求める女なんているわけがないから、涼子が使ったに決まっている。

「じゃあ、もうはっきり言うけど……」

青ざめていた涼子の顔が、再び赤く染まった。今度は憤怒のせいではなく、羞恥のせいらしい。

「それを使うと感じすぎちゃうのよ。気持ちがよすぎてわけわからなくなって、頭がどうにかなりそうになるの」

「いいじゃないですか、気持ちよくなるためにやることなんですから」

「そんなところを見られたくないの」

人の顔の上でオナニーしといてよく言うよ、とはもちろん言えない。

「でも、オナニーでわけわからないくらい気持ちよくなるなら、僕が使ったらもっと気持ちよくなるんじゃないですかね？」

「えっ……」

涼子の眼が好奇心に光った。

「やっぱりほら、女の人は自分で抜き差しするより、男にずんずん突かれたほうが気持ちいいわけでしょ？　違います？」

「童貞に言われたくないわよ」

「イキまくりたいくせに、見栄張らなくたっていいでしょう？」

将騎は大人の男として強気に出た。

「涼子さんはヴァイブを使いたくない、僕はクンニできない、ってなったら、交渉決裂。帰るしかないですよ、もう」

「どうして帰るのよ……あなたが悪いのに……一緒にイクって約束したのに……あなたが先に出したからこんなことになったのに……」

涼子は完全に戸惑っていた。どう見ても、ヴァイブに気持ちが傾いているようだった。もうひと押しだ。

将騎はヴァイブを右手に持って涼子ににじり寄っていった。スイッチを入れると、ウィーン、ウィーン、と音をたててヘッドが回転しはじめた。さらにスイッチを操作し、ぶるぶるという振動に変える。

「乱れちゃえばいいじゃないですか……」

振動するヘッドで、涼子の乳首を突いた。

「やめてっ……触らないでっ……」

涼子は両手で胸を隠し、いやいやと身をよじった。彼女が初めてはっきり見せた、女らしい羞じらいの姿だった。

「触ってほしいくせに……」

将騎は振動するヘッドを、今度は太腿にあててやった。涼子がビクッとし、恨みがましい眼で睨んでくる。先ほどまでは睨まれると怖かったが、にわかに可愛らしく見えてきた。

「もう観念して脚を開いてくださいよ……」

甘い声でささやく。

「今日のことは全部忘れますから、乱れちゃえばいいじゃないですか……頭がおかしくなるくらい、感じまくればいいじゃないですか……」

「……本当に忘れるわね？」

将騎がうなずくと、涼子は何度か深呼吸してからあお向けになり、ゆっくりと両脚を開いていった。M字に開かれた両脚の中心に、アーモンドピンクの花が艶やかに咲いていた。パイパンなので、本当に花のようだった。絶頂寸前までオナニーしていただけあって蝶々のように口を開き、ひと目見ただけでヌルヌルになっているのがわかる。

射精を遂げてちんまりしていたペニスが、一瞬にして蘇った。鬼の形相で天井を睨みつけたが、もちろんそれを使うわけにはいかない。

「りょ、涼子さんって……とっても脚が綺麗ですね」

「なに言ってるのよ、いまさら……んんっ！」

内腿に振動するヘッドをあててやる。涼子の腰がくねりだす。まだ肝心な部分に触れていないのに、敏感な反応である。

「体位はなにが好きなんですか？」

これだけスタイルがよければ、バックでも素晴らしい眺めが拝めそうだったが、

「正常位一択……次点で騎乗位、わたしが覆い被さるやつ……」

「意外にノーマルですね。夜の公園で立ちバックとか言うかと思ったのに」

「あなたはわたしのことなんだと思ってるの？　そりゃあね、人より性欲が強いのは認めるわよ。セックスが好きですかって言われたら、はいって即答するわよ。でもね……なんて言うんだろう……セックスのなにが好きかっていったら、裸でハグしあうところなの！」

あんがい乙女なんですね、と思ったが言わなかった。涼子の女らしい一面が見

られて胸が熱くなり、抱きしめてやりたくなったくらいだ。

それができない以上、自分にできることはせいぜい感じさせてやることだ。将騎は気合いを入れ直し、振動するヘッドをクリトリスにあてた。

「あううううーっ！」

軽くあてただけなのに、涼子は甲高《かんだか》い声をあげてのけぞった。

中身が三十五歳の将騎は、女のオルガスムスに濃淡があることを知っていた。涼子は先ほどより、あきらかにギアをあげてきた。いよいよ恥も外聞も捨て、理性を振りきる覚悟が決まったということか……。

ならば、と将騎はヴァイブを操る手に熱をこめた。アーモンドピンクの花びらに縁取《ふちど》られた、薄桃色の粘膜をねちっこく刺激してやる。割れ目をなぞるように上下に動かしつつ、クリトリスをつんつんと突く。

「あああっ……はぁああっ……」

涼子の呼吸はみるみる荒くなっていき、眉間《みけん》に縦皺を寄せた表情が一秒ごとにいやらしくなっていった。美形なだけに、恥ずかしそうに眼の下を赤く染めているだけでもたまらなくセクシーだ。

「入れますよ……入れちゃいますよ……」

濡れ具合はすでに充分と判断した将騎は、ヘッドの部分に蜜をたっぷりと付着させてから、それを肉穴に挿入しはじめた。小刻みに動かしながら、じりっ、じりっ、と奥へ入れていく。

「んんんっ……くぅううーっ！」

涼子は首にくっきりと筋を浮かべ、息をとめていた。そのせいで、顔全体が真っ赤に染まっていく。顔だけではなく、耳や首や胸元も……。

ヴァイブはヘッドの部分がつるんとしているが、ペニスで言えば肉胴にあたるあたりにイボイボがびっしりついている。肉穴にヘッドがすべて埋まり、いよいよイボイボが中に入っていくと、涼子は尻を浮かせ、ガクガク、ガクガク、と腰を震わせた。

「ああっ、いやっ……いやあああっ……」

真っ赤になった顔を両手で覆っても、感じていることは隠しきれない。まだ全体の三分の一ほどしか入っていなかったが、将騎は抜き差しを開始した。ずぼずぼと穿《うが》つと、粘っこい肉ずれ音がたった。

ヴァイブにはクリトリスを刺激するための小さなくちばしがついていたが、それを届かせるためにはもっと深く埋めこまなければならなかった。あまりに長大なヴァイブなので、すべてを埋めこむのはさすがに無理そうだった。

しかたがない……。

本当は指一本触れないままオナニー扶助《ふじょ》をするつもりだったが、どうせなら思いきりイカせてやりたい。ずぼずぼっ、ずぼずぼっ、と右手でヴァイブを抜き差ししながら、将騎は左手の中指をクリトリスに伸ばしていった。まずは包皮を剝いては被せ、被せては剝く。

「あああっ……はぁあああああっ……」

涼子は顔を覆っていた両手をどけ、ひきつりきった表情でこちらを見た。

「ちょっと触っちゃいましたけど、いいですよね？」

コクコク、と涼子がうなずく。

「こんなふうに？」

将騎は中指をしゃぶって唾液をたっぷりとまとわせると、剝き身のクリトリスをねちねちと撫で転がした。

「はっ、はぁうううううーっ！」

涼子の背中が弓なりに反り返る。尻を持ちあげた恥ずかしい格好で、ぶるぶるっ、ぶるぶるっ、と内腿を痙攣《けいれん》させる。

将騎はリズミカルにヴァイブを抜き差ししながら、クリトリスをねちっこくいじりつづけた。涼子は甲高い悲鳴を振りまき、足を踏ん張って股間をこちらに突きだしてくる。パイパンなので、すさまじく破壊力のある光景だ。さらに長い髪を振り乱して身をよじっているから、ふたつの胸のふくらみもこれ以上なく悩殺的に揺れている。

「ふふふっ、クリトリスがすごく硬くなってきましたよ……」

「言わないでっ……言わないでえええっ……」

可愛いな、と思った。

ついさっきまで、高圧的なうえドスケベで嫌な女だと思っていたが、乱れる女は可愛らしい。

だが、ほんの一瞬でもそんなことを思ってしまったばかりに、勃起をこらえているのがにわかに苦しくなってきた。

目の前で美女がこんなにも乱れているのに、抱くのを我慢する必要なんてあるのだろうか？　ヴァイブを抜いて正常位でハグしてやれば、涼子はもっと乱れるかもしれない。離婚によって傷ついた心が癒やされ、淋しさがまぎれたと、涙を流して感謝されるかもしれない。

ダメだ、ダメだ……。

将騎は自分を叱りつけた。どんな理由があろうとも、清らかな童貞だけは死守しなければならない。篠宮夕希に堂々と告白するために……彼女を愛する気持ちを二度と裏切らないために……。

とはいえ、射精を求める欲望は刻一刻とシリアスになっていくばかりで、体中が小刻みに震えだし、いても立ってもいられなくなってくる。射精がしたくてしたくて、頭の中に白い霧までかかりはじめた。

かくなるうえは……。

将騎はクリトリスをいじっていた左手で、勃起しきったペニスを握りしめた。左手でオナニーしたことなどなかったが、右手でヴァイブを操りながら、すこすことしごきはじめた。

クリトリスを刺激できなくなったぶん、ヴァイブを少し深く埋めた。三分の一から半分くらいにして、抜き差しのピッチをあげてやる。ずんずんっ、ずんずんっ、と奥を突きあげる。

「はっ、はぁおおおおーっ！」

涼子は獣じみた悲鳴をあげ、ベッドの上でのたうちまわった。

「奥まできてるっ……奥まできてるっ……いっ、いちばん奥まで、届いてるううーっ！」

喉を突きだして叫ぶと、汗でテラテラと濡れ光っている双乳を自分で揉みしだきはじめた。さらに、先端で淫らに尖っている乳首をつまみあげ、指の間で押しつぶす。くびれた腰は貪欲にくねりまくり、どこまでも大胆に肉の悦《よろこ》びを謳歌している。

「イッ、イクッ……もうイッちゃうっ……イクイクイクイクッ……はっ、はぉおおおおおおーっ！」

ビクンッ、ビクンッ、と腰を跳ねあげて、涼子は果てた。白眼を剝き、舌を伸ばして涎《よだれ》を垂らすという、とんでもないイキ顔を披露した。

なるほど、これを見せたくなかったのかと思った瞬間、将騎も射精に達した。勢いよく放出された灼熱の白濁液は、二度目の射精とは思えないほど大量で、シーツに恥ずかしいほど大きなシミをつくった。

第三章　真夜中に気をつけろ

1

翌日、〈アメリカンバーガー〉のアルバイトを終えた午後九時、将騎は自由が丘駅前のイタリアンレストランにいた。超高級店というわけではないが、大学生にはいささか敷居が高い、格式のある店だ。

隣に座っているのは、なんと篠宮夕希——四人掛けのテーブル席にふたりしかいないのに並んで座っているのはおかしな感じだが、これにはちょっとしたわけがある。

今日はアルバイトに来るのがさすがに気まずかった。

ゆうべ、涼子を絶頂に導き、みずからも二度目の射精を果たしたあと、ふたりはすぐにラブホテルを出た。終電の時間が迫っていたからだが、駅まで歩いていく道すがら、涼子はずっと顔を伏せ、眼も合わせてくれなかった。

　あれほど乱れたのだから恥ずかしいのだろうと思ったが、問題はこれからも毎日のように彼女と顔を合わせなければならないことだった。すべて忘れると約束したものの、人の記憶はそんなに都合よくできていない。将騎は涼子を見るたびに、ヴァイブを突っこまれてイキまくっていた姿を思いだすだろうし、涼子はイキまくらされたことを思いだすに決まっている。

「ちょっといいかしら」

　店のバックヤードに入っていくなり、涼子に事務所にうながされた。無表情だった。無表情というのは意識しなければできるものではないし、ましてやそこは笑顔で接客をモットーにしているファストフード店である。バックヤードとはいえ、マネージャーに無表情で呼びだされるのはかなり怖い。

「昨日はありがとう」

　事務所のドアを閉めるなり、涼子は眼を合わせずに言った。

「ずいぶん醜態をさらしちゃったけど、あなたのおかげで、一線を越えずにすんだ……それは素直に感謝してます。エッチまでしてたら、わたしたぶん、自己嫌悪でしばらく立ち直れなかった……」

　ただのエッチよりエロいことをしたじゃないですか、と思ったが言わなかった。

「借りを返させて」

「はっ？」

「こう見えてわたし、一方的に恩を受けたままなのは嫌なタイプなのよ。感謝の気持ちは行動で示したいっていうか……」

時給でもあげてくれるのかと思ったが、

「あなた、このお店で働いているの、好きな人がいるからでしょう？」

図星を突かれてドキッとした。

「個人的にはバイト同士の恋愛にはいい顔できないけど、禁止されているわけじゃないし、実際付き合っている人たちもいるしね。恋愛に夢中になってシフトをドタキャンするようなことさえなければ大目に見てあげる」

「どうしてわかったんですか？」

将騎は不思議そうに涼子を見た。

「キャリアが違うのよ、キャリアが。わたし、あなたより八歳も上よ」

実際には将騎のほうが六歳上なのだが、まあいまは、そんなことはどうでもいい。

「誰が好きなのかもわかるんですか？」

「篠宮さんじゃないの？」

またもや図星だ。ドスケベなド淫乱だからといって、ひとつの店を仕切っている人間の洞察力はあなどれないようだ。

「もっ、もし仮に……」

将騎は上ずった声で言った。

「あくまで仮の話ですが、僕が篠宮さんを好きだとして、なにをしてくれるんでしょうか？」

「付き合うことができるように協力してあげるわよ」

「……マジすか？」

「手始めに、今日のバイト終わりにふたりきりになれるようにしてあげる。バイトの人の本音を聞きたいって食事に誘ったから、あなたもそこに来なさい。でも、わたしは行かない。待ち合わせ時間になったら、急に本社に行かなきゃいけなくなったって電話する。あとは自分でなんとかしなさい」

思ってもいなかった展開に、将騎は踊りだしたくなった。店は駅前のイタリアンレストラン。領収書を切ってきなさいと、涼子は一万円を渡してくれた。

「ワインはグラスにしておきなさいよ。ボトルで飲んだら一万円じゃすまなくなるから……」

そんなわけで、夕希と並んで座っている将騎の目の前には、食前酒の白ワインのグラスが置かれている。洒落た店なのでどうせならワインをボトルで、しかも赤と白を両方頼みたかったが、酔ってしまっては元も子もない。清らかな夕希はきっと、酔っ払いなんて大嫌いだ。

スマホが鳴った。涼子からだ。打ち合わせ通りの内容を伝えられ、将騎は驚いたふりをして電話を切った。

「あのう……」

困惑顔で隣の夕希を見る。

「マネージャー、急に本社から呼びだされたみたいで……」

「えっ……」

夕希が眼を丸くして口で手を押さえる。驚いた顔まで清らかなことに、将騎は胸が熱くなった。騙して申し訳ない、と心の中で詫びる。

「領収書切ってくれればお金は後で精算するから、あなたたちは食事して帰って、って言われましたけど……」

「……そうですか」

夕希が眼を泳がせる。あきらかに戸惑っている。人間関係のない男とふたりきりで食事をしたことなどないのだろう。彼女はたぶん、将騎が同じ大学に在籍していることさえ知らない。清らかな彼女を罠に嵌めるなんて、自分はなんという卑劣漢なのだろう。

とはいえ、罠にでも嵌めなければ、高嶺の花に接近することが永遠にできないかもしれなかった。こんな千載一遇のチャンスを逃すわけにはいかない。

「せっかくだから食べていきませんか？」

「でも……」

下を向いてもじもじしている夕希は、紺色のワンピースを着ていた。コットン製だからカジュアルなのに、彼女が着ているととても清楚で気品がある。

「マネージャーが来ないなら、並んで座っている必要もないな」

将騎は立ちあがり、自分のグラスを持って、向かいの席に移動した。本当はずっと隣に座っていたかったが、向かい合ったほうが彼女も少しは気が楽だろう。

「正直に言うと……」

小声で夕希にささやく。

「こういうレストラン、自分じゃ絶対に来られないから、マネージャーのお金で食べておきたいんですよ。貧乏性ですみません」

笑いかけると、夕希もクスッと笑った。

「わたしもちょっと思いました。このお店、外観もとっても素敵でしょう? 前を通るたびに一度来てみたいなあ、って憧れてたから……」

両手を合わせ、夢見るような瞳で言う。将騎は心の中で、涼子に両手を合わせて感謝していた。女子の好みをピンポイントで突けるなんて、さすがとしか言い様がない。

コース料理を頼み、食事が始まった。出てくる料理は、どれもおいしかった。

夕希は八割方うつむいてもじもじしていたが、大学のキャンパスで見かけたことがあると告げると、少しは心を許してくれたようで、

「わたし、最近ちょっと落ちこんでたんですよね……」

と言いだした。

「だから、ちょっとおいしいごはんを食べて、気分転換がしたかったっていうか……」

なんでも、友達に占いに詳しい人がいて、夕希の今年の運勢は最悪だと言われ

たらしい。

将騎は占いを信じている人間が大嫌いだが、夕希のことは許そうと思った。彼女はきっと、人並みはずれて心が純粋なのだ。占いのごときイカサマを信じてしまうくらい、魂が穢れていないのだ。

「じゃあ今度、元気が出るようなところに一緒に行かない？」

将騎は勝負に打って出た。コース料理はすでにデザートに辿《たど》りつき、それも食べおわりそうだったので、次回に繋げる誘いを口にするのは、このタイミングしかなかった。

「俺、クルマはないけど免許はあるから、レンタカー借りて海とかどう？　まだ泳ぐには早いだろうけど、初夏のさわやかな潮風を浴びながらドライブすれば、くさくさした気分も晴れるんじゃないかな……」

夕希はすぐに言葉を返してこなかった。しばらくの間うつむいていてから、上目遣いで見つめられた。

「それって、デートの誘いですよね？」

今度は将騎が言葉を失う番だった。下心を見破られたようで、煙のように消えてしまいたくなった。

「いや、その……デートといえばデート……かなあ……」

「……遊園地がいいです」

「えっ？」

「わたし、初めてのデートは遊園地がいいって、ずっと思ってたから……大学生にもなって子供っぽいけど……」

初めてのデートというパワーワードが、将騎の胸に突き刺さった。これほど美しい彼女を、いままでデートに誘った男はいなかったのだろうか？　あり得ないような気がするが、夕希が嘘をつくとも思えない。

いや、そんなことより、彼女の口ぶりは好意的だ。海より遊園地がいい──つまり、デートそのものはＯＫということなのか？

「にっ、二番目の候補が遊園地だったんだけどね……」

混乱したまま、将騎は言葉を継いだ。

「ってゆーか、本当は遊園地が最有力だったんだけど、俺もその……デートとかしたことないから……遊園地はハードルが高いのかなって……」

顔が燃えるように熱くなっていた。上目遣いで夕希を見ると、彼女も顔を真っ赤にしてうつむいていた。

2

よく晴れた日曜日、将騎と夕希は山梨県にある遊園地に向かった。

新宿から電車で二時間近くかかるが、夕希はどうやら絶叫コースターに興味があるようだった。それも、近場の遊園地にはない、迫力満点のものに乗りたいと言ってきた。

清楚な見た目からは想像もできないが、実のところ夕希は、冒険心が旺盛なタイプなのかもしれない。その遊園地には、日本で二番目に高いところから落下する絶叫コースターがある。ついでに言えば、日本一怖いと評判のお化け屋敷まであり、夕希は興味津々の様子だった。

将騎に異論はなかった。あるわけがない。絶叫コースターもお化け屋敷も、若いカップルが距離を縮めるのにあるようなものなのだ。吊り橋効果というやつである。危機を共有することで、男と女が仲よくなる……。

その日、夕希は珍しくパンツスタイルで登場した。白いコットンパンツに、水色のギンガムチェックのシャツ。清楚なワンピース姿も素敵だが、そういう格好も若い女の子らしくて可愛らしい。

「あっ、あのう……」

絶叫コースターの席に座り、ゆっくりと前進をはじめると、夕希は安全バーを握りしめながら、震える声で言った。

「わっ、わたし、いま、ものすごく後悔してます……」

絶叫コースターは、上り勾配《こうばい》のいちばん高いところに到達しようとしていた。見晴らしはものすごくよかったが、将騎も言葉を返せないくらい震えあがっていた。想像を絶する高さだし、落下角度もえげつない。

「ぎゃーっ！」

落下が始まった瞬間、夕希は喉が裂けそうな勢いで悲鳴をあげた。いつもキューティクルでつやつや光っている長い黒髪が、ざんばらに乱れている。滅多に拝めない貴重な光景だろうが、将騎にも夕希をじっくり観察している余裕はなかった。死ぬかと思うような瞬間が立てつづけに訪れ、気がつけば夕希に負けないほど叫び声をあげていた。

絶叫コースターをおりると、夕希はベンチに座ってうなだれた。十分くらい顔をあげなかった。気持ちが悪くなったというより、落ちこんでいるようだった。

「……すいません。醜態をさらしてしまいました」

うなだれたままポツリと言った。

「いやいや、絶叫するから絶叫コースターなんだし……恥ずかしながら、俺だってもうちょっとで泣きそうだったよ」

醜態をさらすというのは、股間にヴァイブを突っこまれて白眼を剝きながらイキまくるようなことを言うのだ、と言ってやろうかと思ったが、夕希の清らかな耳を汚い言葉で穢すわけにはいかない。

「クールダウンするために、くるくるまわるティーカップでも乗るかい？」

「いいえ……」

夕希は立ちあがって言った。

「ティーカップはどこでも乗れますし、せっかくここまで来たんだから、日本一怖いお化け屋敷に行きましょう」

チャレンジャーだな、と将騎は胸底でつぶやいた。もしかすると、口許に笑みを浮かべていたかもしれない。将騎にとって、お化け屋敷は本日のメインイベントだからである。

そのお化け屋敷は廃病院が舞台になっており、もはやホラーアトラクションと呼んだほうがいいほど手の込んだ演出が施されていた。映画のセットのようにつくりこまれたセットも不気味なら、途中で飛びだしてくる血まみれのお化けも怖かった。メイクが凝りに凝っていて、表情からしてこの世のものとは思えない戦《せん》慄《りつ》のお化け軍団——本物のゾンビに襲いかかられたようだった。将騎は何度も心臓が停まりそうになり、夕希は入って十秒で泣き叫びながら将騎の腕にしがみついてきた。

このお化け屋敷がもう少し怖くなければ……。

肘があたっている夕希の胸の感触を味わったり、乱れている長い黒髪から漂ってくる甘い匂いを嗅ぎまわしたりすることができただろうが、そんな余裕はなかった。はっきり言って、将騎のほうこそ夕希にしがみつきたかった。好意の発露としてではなく、お化けが怖くてだ。

外に出ると、ふたりでベンチに座り、しばらくの間、放心状態だった。

「ごめんなさい……なんかわたし、ずっとしがみつきっぱなしで……」

「いやいや、それはいいけど、怖すぎるよね？　やりすぎだよ」

「でも楽しかった」

「えっ？　あんなに泣いてたのに？」

「泣くのって気持ちいいじゃないですか。心が浄化されるっていうか……悲しくて泣くのは嫌ですけど、こういう涙はいいと思うんですよね。今日は絶叫コースターで一年分絶叫して、お化け屋敷で一年分泣きました」

「じゃあ、今年の運勢が悪いのも浄化できたね？」

「はい」

眼を見合わせて笑った。吊り橋効果が早くも現れたようだった。


その後、ホットドッグやクレープで小腹を満たしつつ、いくつかの乗り物や遊具を楽しみ、明るいうちに家路《いえじ》についた。

デートの定番、観覧車にももちろん乗ったが、隣に座って手を握ったり、キスを迫ったりすることは厳に慎んだ。ありあまる下心を隠すのは大変だったが、セックスなんて知りません、という顔を通した。

それが功を奏したのか、将騎の好感度はあがったようだった。バイト帰りにお茶をしたり、食事をしたり、一度だけだが居酒屋で飲んだり、ふたりの距離は日に日に縮まっていった。

遊園地デートからひと月ほどが経過した。梅雨の谷間で雨は降っていなかったが、じっとりした空気が体にまとわりついてくるような鬱陶《うっとう》しい日のことだ。

「どうしてもグラタンが食べたい日ってありません？」

バイトの休憩中、夕希が意味ありげに微笑みながら言ってきた。

「わたし、今日がそれなんですよ。うちの近くに、とってもおいしいグラタン屋さんがあるから、一緒に行きませんか？」

夕希のほうから誘われ、梅雨の鬱陶しさなんて吹っ飛んだ。バイトが終わると、彼女の住む私鉄沿線の郊外に向かった。

自他ともに認めるヤリチンだった将騎にしては、ひと月経っても寝ていないなんて異例の事態だった。彼女にはまだ指一本触れていない。お化け屋敷で腕にしがみつかれたのは例外として、肉体関係を求めるようなアクションはなにも起こしていない。

夕希のディフェンスが強固なわけではなかった。彼女はむしろ無防備だし、こちらに対する好意もうっすらと感じる。いまの段階で体を求めても応じてくれる可能性が三〇パーセントくらいありそうだが、失敗したら元も子もないし、大切に扱いたいという気持ちだってもちろんある。

とはいえ、なんとかして一刻も早くベッドインしたかった。

欲望を吐きだしたいというより、恋人同士になりたいのだ。

高嶺の花すぎて男からアタックされたことがない夕希にとって、将騎は貴重なボーイフレンドだろう。ただ、そこに特別な感情があるからというより、年ごろの女子が男子と一緒にやりたがるようなことをするのに、都合のいい相手と思われている節がある。

それではまずい。男友達から彼氏にランクアップされるためには、セックスしてしまうのがいちばんいい。いきなり契《ちぎ》りを交わすのが無理なら、キスでもいい。キスも無理なら、せめて告白を……。

「やだ……」

目当ての店の前まで来ると、夕希は呆然とした顔で立ちすくんだ。「臨時休業」の貼り紙がしてあったからだ。

「どうしよう、このへん他にはいいお店ないのに……」

「大きい通り沿いにファミレスあったじゃないか。あそこは……」

夕希の表情が曇ったので、将騎は言葉を継げなくなった。

バイト先がファストフードチェーンであるせいか、彼女はチェーン系の店にはあまり行きたがらない。個人経営で、オンリーワンの個性のあるところを好む。

もちろん、悪い趣味ではない。

「これから都心まで戻るのも面倒だし……よかったら、うちに来ませんか？　すぐそこだし、パスタくらいならつくれるし……」

将騎はにわかに緊張した。夕希は北海道の旭川《あさひかわ》出身で、東京ではひとり暮らしだ。ひとり暮らしの女の部屋を、男が訪ねる——目的は食事でも、目的以外のアクシデントが起こってしまうのがふたりきりの密室だ。

夕希のつくってくれたトマトパスタは、たぶんおいしかった。緊張して味など全然わからなかったから、たぶんである。

部屋は六畳ほどのフローリングで、それとは別に二畳くらいのキッチンがついていた。意外だったのは、部屋にパステルピンクがあふれていたことだ。絨毯もベッドカバーも枕カバーもクッションも、全部ピンクだった。

夕希といえば紺や水色の服が印象に残っているし、今日も菖蒲《しょうぶ》色のワンピースを着ている。本当はピンクが好きなのだろうか、と内心で首をかしげた。外見は清楚でも、中身は乙女だったりするのだろうか？

ただ単に、寒色を使って寒々しい雰囲気になることを避けているだけなのかもしれないのに、余計な想念ばかりが脳裏をよぎっていく。

部屋には壁際にシングルベッドがあり、その横にローテーブル、前にはテレビが置かれている。ソファはないから、テレビを見ながらくつろぐときは、床に座ってベッドに寄りかかっているのだろう。

いつも夕希が座っているはずのポジションには、将騎が座っていた。夕希はキッチンと行き来しやすい正面の席だ。テレビはつけていなかった。夕希も緊張しているのか、会話がまったくはずまなかった。夕希は咀嚼音《そしゃくおん》をまったくたてずに食事をした。育ちがよさそうなのはいいとして、重苦しい静寂がひときわ緊張感を高めていく。

「ごっ、ごちそうさま……」

黙々と食事をしていたので、将騎はあっという間にパスタを平らげた。

「大丈夫でした？」

夕希が上目遣いで訊ねてきた。

「ああ、とってもおいしかったよ」

「よかった。わたし、家族以外にごはんつくったの初めてだから、ちょっと心配でした……」

照れくさそうに笑う。

また初めてアピールだ——将騎は胸底でつぶやいた。その言葉を、夕希の口から何度聞いただろう？　遊園地に行ったときにも初めてのデートだと言っていたし、ふたりで居酒屋に行ったときも男とふたりでお酒を飲むのは初めてだと言っていた。一緒に渋谷をぶらぶらと散歩したときでさえ、そんなことを口走っていた気がする。

二十一歳くらいだとまだまだ初体験のことが多いんだな、と最初は素直に受けとめていたが、さすがに多すぎやしないだろうか？

初めてアピールの真意はなんだろう？

いったいなにを伝えたいのか？

夕希を見た。うつむいて、空になったパスタの皿をじっと見つめている。様子がおかしかった。緊張してしゃべれないというより、何事かを思いつめているようだった。

「ひとつ、訊いてもいいですか？」

うつむいたまま言った。

「あっ、ああ……」

将騎の心臓はにわかに早鐘《はやがね》を打ちだした。アクシデントの匂いが漂ってきたからである。

「将騎くんにとって、わたしっていったいなんですか？　都合のいい暇つぶしの相手？　ちょっと仲のいい女友達？　それとも……」

夕希が顔をあげ、まっすぐにこちらを見た。黒く澄んだ瞳の美しさに打ちのめされ、将騎は気絶しそうになった。思わず、下僕でも奴隷でもかまいません、と言いそうになったくらいだ。彼女はその美しさだけで、世界を支配できるのではないだろうか？

馬鹿なことを考えている場合ではなかった。

女にここまで言わせてしまうのは、男にとって恥である。将騎にしても、早く告白しなければならないと焦っていたのだ。しかし、夕希があまりにも無防備で、もっと言えば隙だらけだから、逆にタイミングを逸していた。

夕希は外面と内面のバランスが悪い女だった。見た目は実年齢より二、三歳上に見える。タイトスーツを着て丸《まる》の内《うち》を歩いていそうな、清楚で綺麗なおねえさんだ。その一方で、中身が幼《おさな》すぎる。百戦錬磨のヤリチンが、手をこまねいてしまうほどに……。

「実はその……」

コホンとひとつ咳払いしてから続けた。

「近々告白するつもりだった……好きだから付き合ってほしいって……俺の彼女になってくれないかって……」

「本気ですか？」

夕希が訝《いぶか》しげに眉をひそめる。

「本気中の本気さ」

「わたしが言わせたみたいな展開ですよね？」

「いやいや、告白が遅れたのには理由があるんだ。なんていうかほら、釣りあわない感じがするだろ？　俺と夕希ちゃんじゃ……」

「わたしじゃ将騎くんに釣りあいませんか？」

夕希が悲しげに眼尻をさげたので、

「いやいやいや、逆だよ逆」

将騎はあわてて言った。

「夕希ちゃんが綺麗すぎるからさ……俺はほら、どっから見ても平凡な男だろ」

「そんなことないですよ。だいたい、人は見た目じゃないでしょう？」

睨まれた。なにしろ美人なので、目力をこめられると身がすくむ。

「わたしなんてすごく世間知らずだし、けっこう天然だし、友達が全然できないコミュ障だし……」

世間知らずで天然なのはそうかもしれないが、友達ができないのは美人すぎてまわりが嫉妬しているからだろ、と思ったが言わなかった。

「でも、将騎くんはそんなわたしにやさしく寄り添ってくれて、怒ったりしないし、上から目線でしゃべらないし、エッチなこともしてこないし……」

「エッチなことはしたいけどね」

将騎はアハハと笑った。冗談のつもりだったからだ。しかし、夕希は一緒に笑ってくれなかった。真顔でこちらを見つめながら、小さく言った。

「したいんですか？　わたしと……」

将騎はごくりと生唾を呑みこんだ。モテない男はこういう場面になると、喜々として身を乗りだす。ヤリチンの名にかけて、そんなヘマはできない。

「そりゃあ、俺だって男だからさ、したいっちゃしたいけど……まあ、そんなにがっついてないから安心して……今日は告白だけで充分だ。ようやく気持ちを伝えられてホッとしたし、これからもっとデートを重ねて……」

「してもいいですよ」

夕希はきっぱりと言った。

「好きな人ができたら、女だってしたいんですからね！」

叫びながら立ちあがり、小走りでバスルームの中に消えていった。

3

シャワーを浴びた清潔な体に、着てきた下着や服を着けるのは、あまりいい気分ではなかった。

しかしここはホテルではないから、バスローブなんて気の利いたものはない。バスタオル一枚を腰に巻き、鼻歌まじりにバスルームから出ていけるほど、夕希とは気楽な関係でもない。気楽な関係になるためには、次の一手を打ち間違えてはならない。

数々の最年少記録を塗り替えた天才棋士《きし》・藤井聡太《ふじいそうた》は、詰みの一手を放つ直前、こんな気分なのだろうか？

これから夕希を抱く——本人がしてもいいと言っているのだから、間違いなくそれは成し遂げられる。十四年経っても忘れられなかった高嶺の花と、素肌を重ねてひとつになる。

ぶるっ、と身震いが起きた。

不思議なくらい、性的な興奮はしていなかった。その証拠に、ペニスはブリーフの中でちんまりしたままだ。憧れの人とセックスできるのだから、この時点でギンギンになっていてもおかしくないのに……。

おそらく夕希もそうだろう。気持ちがいいことをしたいわけではなく、お互いの気持ちを確かめあうためにベッドに誘ってきたのだ。けっこう無理して「女だってしたいんですからね！」と叫んだ彼女の気持ちを思うと、いじらしくて愛おしくて、目頭が熱くなってきそうである。

バスルームを出た。先にシャワーを浴びた夕希は、ベッドに腰かけていた。バスルームから出てきたときは外でも着ていた菖蒲色のワンピースだったが、着替えていた。パステルピンクのパジャマに……。

似合わない、と将騎は一瞬、眼をそらしてしまった。大人っぽい美しさをもつ夕希の容姿に、パステルピンクは子供っぽすぎる。

しかも、生地が妙に薄くてぴったりと体に密着しているデザインで、それがなおさら幼く見せている。

とはいえ、ギャップはエロスの源泉である。似合わないがゆえに、見慣れてくるといやらしく思えてくるのかもしれないが……。

んっ?

なにかがおかしいと、将騎は内心で首をかしげた。夕希から漂ってくる気配が、妙にエロかった。子供っぽい格好をしているのにエロさが増幅されているのは、不可解としか言い様がない。これからセックスをするという覚悟のせいかと思ったが、心理的な問題ではなく、体つきがおかしくなっていることに気づいた。

胸が膨張している……。

生地が薄くてぴったりしているパジャマだから、ふたつのふくらみが大きく盛りあがっているのがよくわかる。将騎が知っている彼女は、それほど胸が大きいほうではない。どちらかと言えば貧乳のほうに分類されるだろうと思っていたが、それは悪いことではない。

夕希のような顔立ちの女は、胸が大きくないほうが素敵だ。清楚さが際立つし、服だってなんでも似合う。貧乳であることをむしろ気に入っていたのに、いったいどういうわけなのか?　そもそも一瞬にして乳房が大きくなるようなことが、人間の体に起こるのか?

「ひとりにしないでください」

呆然と立ちすくんでいると、夕希が怒ったような顔でベッドをポンポンと叩いた。隣に座れということらしい。

将騎がおずおずと隣に腰をおろすと、

「最初に言っておきますけど……」

夕希は覚悟を決めるような横顔で言った。

「わたし、全部初めてですから。男の人と手を繋いだこともないし、キスも、もちろんエッチも……」

将騎は心が千々に乱れていくのをどうすることもできなかった。

夕希が処女であるという確信はあった。遠くから眺めていたときは確信まではできなかったが、仲よくなってそのウブな言動に触れてみれば、処女以外にはあり得ないと思った。

だが、その一方で、これだけ美しい彼女が、いままで男に口説かれたことがないというのが信じられなかった。処女にしか見えないが、実は……という可能性もゼロではないと覚悟していた。

しかし、本人が処女だと言うのなら処女なのだろう。

にわかに緊張感が高まった。ただ単にセックスするのと、処女を奪うのとでは意味が違う。男にとっても初体験は大切なもので、将騎など童貞ハンターの毒牙にかかったばかりに、その後の人生がメチャクチャになった。男にとってさえそうなのだから、女の場合はなおさら……。

いや、その前に気になってしょうがないことがあった。

「あのさ……」

気まずげに声をかけた。

「ちょっと訊きづらいことなんだけど、訊いてもいいかな？」

「なんでしょう？」

「胸、そんなに大きかったっけ？」

次の瞬間、夕希の顔が真っ赤に染まった。横眼でキッと睨んできたが、すぐにうつむいて恥ずかしそうにもじもじしはじめた。

「いや、あの……言いづらかったら言わなくてもいいけど……」

「じゃあ訊かないでください」

「ごめん」

「でも訊かれたからには答えます。どうせ見られるわけだし……」

夕希は胸元を押さえながら続けた。

「いつもは隠してるんです。さらしを巻いて……」

「なっ、なんで？」

将騎は反射的に訊いてしまった。

「いや、その……言いづらかったら言わなくていいけど……」

「そういう場合は訊かないでくださいって言ってるじゃないですか。中三のときに急に胸が大きくなったんですけど、そうしたらなんか……どこに行ってもエッチな眼で見られてる気がして……クラスの男子にからかわれたこともあるし……だから、高校に入ってからは、ずっと隠して……」

「なっ、なるほど……」

巨乳を好む男は多い。おっぱい星人という言葉まである。だが、逆に言えばセクハラの対象にもなりやすいということだろう。

「でもいまは……胸が大きいほうが……将騎くん、喜んでくれるかなって……思って……」

またもや、いじらしさに目頭が熱くなってくる。清楚な顔には貧乳のほうがよく似合うなんて、口が裂けても言えない。

将騎は夕希の右側にいた。左手を伸ばしていった。夕希の右手は、太腿の上にあった。そっと握った。夕希も握り返してくる。

ドクンッ、ドクンッ、と心臓が高鳴っている。横眼で夕希を見た。夕希は眼を閉じて深呼吸していた。初めてのセックスなのだから緊張するのは当然として、深呼吸に合わせて胸のふくらみが大きく揺れはずんでいる。いや、この揺れはずみ方は……。

ノーブラだった。

気づいた瞬間、将騎は気が遠くなりそうなほど興奮した。もちろん、いやらしい目的で下着を着けていないわけではないだろう。普段さらしを巻いて巨乳を隠していると言っていたから、ジャストフィットサイズのブラジャーをもっていないと考えたほうが自然である。

緊張に耐えかねたように、夕希が両手をひろげて抱きついてきた。将騎は受けとめた。乳房が胸にあたって、むぎゅっと潰れた。完全にノーブラの感触だった。しかも、パジャマの上から見ている以上に大きそうだ。

泣きそうな顔でこちらを見つめてくる夕希の頭を撫でた。リラックスさせるために背中をさすった。ブラジャーのストラップの感触はなかった。一刻も早く巨乳を拝んでみたかったが、ものには順序というものがある。

何度も何度も頭を撫で、背中をさすりながら、顔を近づけていった。夕希が眼をつぶる。長い睫毛《まつげ》がふるふると震えている。

彼女にとってファーストキスだった。

相手が穢れたおっさんで申し訳ない——そういう思いがゼロだったわけではないが、自分にとってもこれが初めてのキスだと思いたかった。実際、肉体的には初めてだし、精神的にも、涼子からの淫らな波状攻撃をしのぎきったので、禊《みそ》ぎはすんだと……。

唇を重ねた。夕希の唇は小さめだが、サクランボのように赤い。舌を差しだしたいのを我慢して、三秒くらいで唇を離した。レモンの味はしなかった。薔薇の香りが漂ってきそうだった。

将騎はうっとりした顔で夕希を見た。夕希は眼の下を赤くして、熱でもあるようにぼうっとしている。もう一度キスをしてやると、蕩《とろ》けるような表情で見つめてきた。

ベッドに押し倒そうとすると、

「待って」

夕希が小さく言った。

「灯り、消してもいい？」

天井の蛍光灯がついていたので、部屋はかなり明るかった。夕希が立ちあがって壁のスイッチで照明を消す。かわりにイミテーションのキャンドルライトをローテーブルに置いた。光の色はオレンジだ。部屋が一気にムーディな雰囲気になった。

夕希はベッドには座らず、布団の中に入った。頭からもぐりこんだといったほうが正確か。将騎も入ろうとしたが、服を着たままだった。パジャマを着ている夕希はともかく、服を着て寝具の中に入るというのは……。

「服、脱いでもいい？」

そっと声をかけた。

「外で着てた服で布団に入るのは、抵抗あってさ……」

夕希は顔の上半分だけ布団から出すと、小さくうなずいた。

高鳴る心臓の音を聞きながら、将騎は服を脱いでいった。ブリーフ一枚になって、布団に入った。ブリーフの前は、もちろん大きなテントを張っていた。硬くなりすぎて、痛いくらいだった。シャワーを浴びていたときの聖人じみた気分が嘘のように、淫らな気分が体を揺さぶる。

布団の中には夕希の匂いがこもっていた。甘い匂いだった。将騎は何度もキスをしながら、夕希の体を愛撫した。性感帯にはまだ触れず、肩や二の腕、背中や腰を、やさしく撫でさすった。

薄暗い中でも、夕希の瞳が潤んできたのがわかった。その顔に右手を伸ばし、手のひらで頬を包む。ひどく熱かった。もう一度キスをしてから、右手を頬から首、そして胸へとすべり落としていく。

夕希はまばたきも呼吸も忘れたような顔で、こちらを見ていた。右手が左の乳房に触れる。やはり大きい。片手ではつかみきれないくらいだ。パジャマ越しにやわやわと揉みしだいた。柔らかいのに、重量感がすごい。

「見てもいい？」

夕希はこわばった顔で眼を泳がせてから、コクッとうなずいた。

将騎はパジャマの上着をめくりあげていった。パステルピンクの生地に隠されていた素肌は、眼に染みそうなほど白かった。それに細くて薄い。ウエストなんて、両手でつかめそうである。

にもかかわらず、ふたつの胸のふくらみはびっくりするほどボリューミーで、裾野にたっぷりと量感がある。全体がスリムだから、細い枝に丸々とした果実が実っているようだ。乳暈《にゅううん》はやや大きめだがごく薄いピンク色で、ともすれば地肌に溶けこんでしまいそうなほど透明感がある。

将騎は夕希にバンザイをしてもらい、パジャマの上着を頭から抜いた。上半身裸になった夕希は羞じらいに身をよじりながら、将騎にしがみついてきた。気持ちはわかるが、しがみつかれては愛撫ができない。夕希の体をあらためてあお向けにしてから、馬乗りになった。上から見下ろし、視線が合うと、夕希は真っ赤に染まった顔を両手で覆った。

将騎は双乳を揉みしだきはじめた。大きなだけではなく、揉めば揉むほど手指に馴染んでくる。パジャマの上から揉んだときは柔らかく感じられたが、弾力もある。肌がぴちぴちに張りつめているからかもしれない。

前屈みになり、ふくらみの先端に口を近づけていった。舌先を尖らせて、透明感のある乳暈の縁をなぞるように舐めた。唇を押しつけてチュッと吸うと、

「くぅっ……んんっ……」

夕希は声をこらえたけれど、ハアハアと息をはずませはじめた。

4

ひとしきり双乳を揉みしだき、左右の乳首を唾液で濡れ光らせると、将騎は馬乗りをやめて、再び夕希の横から身を寄せていった。右手を自由に使うため、もちろん女の右側だ。

呼吸を荒らげながらこちらを見ている夕希の長い黒髪は乱れ、眼つきは呆然として、すでにひと仕事終えたような表情だった。

だがもちろん、大人への儀式は始まったばかりである。イントロさえ半分も終わっていない。

キスをしながら、背中をさすった。初めて舌を差しだし、夕希の口の中に侵入していく。夕希は拒まなかったが、ひどく戸惑っていた。気持ちはよくわかった。初めて舌と舌をからめあうと、ものすごく淫らなことをしている気分になるものだ。うまくリードしてやらねば。

ディープキスにすっかり翻弄《ほんろう》されている夕希の背中をさすりつつ、将騎はその右手をヒップのほうにすべり落としていった。バストほどボリュームはないけれど、丸みがセクシャルな桃尻だった。パジャマのズボンをずりおろしていき、脚から抜いてしまう。

これで夕希の体に残っているのはもう、パンティ一枚だ。

好奇心に抗《あらが》えず、布団の中をチラリとのぞく。夕希の股間に食いこんでいたのは、純白のパンティだった。

大学生にもなって白いパンツ——ちょっとダサいような気もしたが、処女には純白のパンティがよく似合う。興奮のままに、抱き寄せてしまう。夕希の長い脚はつるつるのすべすべで、脚をからめあっているとブリーフの中のイチモツがはちきれんばかりに硬くなった。

夕希も抱きしめられて嬉しかったらしく、口づけをねだってきた。覚えたてのディープキスで、みずから舌をからめてくる。

将騎は応えながら、夕希の体をまさぐった。腰からヒップ、そして太腿、女らしい丸みとすべすべの肌を堪能しては、夕希の甘い唾液を啜《すす》る。

んっ?

夕希は両脚で将騎の太腿を挟んでいた。ぎゅっとされると、太腿に熱気が伝わってきた。

なるほど……。股間が放つ淫らな熱気だ。

処女とはいえ、べつに性欲がないわけではないのだ。二十一歳まで経験できなかったのは、ただ単にロストヴァージンのチャンスがなかっただけで、セックスには興味津々だったのかもしれない。清らかで美しい外見をしていても、密かに欲望を疼《うず》かせていた。さらしに隠されていた巨乳のように……。

一瞬、夕希が自慰をしているところを想像してしまい、大量の先走り液が漏れた。ブリーフの中がヌルヌルになってしまうほどだった。夕希には自慰なんてしてほしくないけれど、性欲は人間の三大欲求なのだからしかたがない。それに安心してほしい。自慰などしなくても、これからは自分が欲望をしっかり満たしてあげるから……。

「あんっ……」

紅潮している夕希の顔が、にわかにこわばった。将騎の右手が、ついに股間をとらえたからだった。股布の上から、女の割れ目に中指をぴったりと密着させた。淫らな熱気と湿気が、指にからみついてきた。これは間違いなく濡れている、と確信しつつ、中指を動かしはじめる。割れ目をなぞるように、すりっ、すりっ、と……。

夕希がぎゅっと太腿を閉じたので、

「気持ちよくない？」

将騎はやさしくささやいた。

夕希は曖昧に首をかしげる。

「気持ちがよくなってきたら、脚、開いて……大丈夫、やさしくするから……」

やはり曖昧にうなずいた。

すりっ、すりっ、すりっ、と将騎は根気強くパンティ越しの愛撫を続けた。夕希は顔ばかりか、全身をこわばらせていた。とはいえ、感じていることは隠しきれない。股布の表面まで、じんわりと蜜が染みだしてきている。男の愛撫で感じていることに戸惑い、羞じらっているだけだ。

夕希が頑《かたく》なに脚を開かないので、将騎は内腿を支えるようにして、そっと開いていった。夕希はいまにも泣きだしそうな顔になったが、脚を閉じようとはしなかった。おそらく、開きたくても、体が動いてくれなかったのだろう。

布団の中にはひどく熱気がこもっていた。将騎は暑くてしようがなかったが、いま掛け布団を剝ぐのは悪手《あくしゅ》だと判断した。羞じらい深い夕希の清らかな心に、なるべく負担をかけたくない。純白のパンティ一枚でM字開脚を披露させるのは、処女にとってはかなりの羞恥《しゅうち》プレイだ。

ここはいったん我慢することにして、本丸を攻めはじめた。

将騎の右手はいま、夕希の薄べったいお腹の上にあった。じりっ、じりっ、と下に向かって這《は》わせていくと、指が布に触れた。女のパンティには、どういうわけか臍《へそ》の下に小さなリボンがついているものだが、それらしき感触がした。

小さなリボンの下にもぐりこむようにして、右手の進撃は続く。夕希はしっかりと眼をつぶり、祈るような表情で長い睫毛を震わせている。

パンティの中に入った右手の指がまず触れたのが、陰毛だった。ひどく柔らかかった。毛量もかなり少なめな気がする。きっと春の若草のように可憐《かれん》な生えっぷりなんだろうな、と思いながら、その下にじりじり指を這わせていく。

ヌルッとしたものが、指に付着した。さらにくにゃくにゃした柔肉の感触がする。慎重にあたりをまさぐると、ひどく濡れていた。いやらしいくらいにヌルヌルだった。

指を動かしはじめた。唾なんてつけなくても、よくすべった。相手は処女だから、敏感なクリトリスには触れないように注意し、再び根気よく割れ目をなぞりはじめる。先ほどまでは股布のガードがあったが、いまは直である。夕希の反応が変わった。

「んんんっ……あああぁっ……」

いよいよ声をこらえきれなくなり、将騎の腕をぎゅっとつかんでくる。必死の形相がこれ以上なくエロティックで、か細いあえぎ声が耳に心地よい。

さらに身をよじりはじめた。中指の動くリズムに合わせて、のけぞったり身をこわばらせたりする姿が、悩殺的すぎる。

「あああっ……はぁあああっ……」

夕希の声が甲高くなってきたので、将騎は我慢できなくなった。決して彼女を辱《はずかし》めたいわけではないが、純白のパンティを脱がして、パンティ一枚で悶えている姿をどうしても見てみたい。さらに、パンティを脱がして、処女の性器をふやけるほどに舐めまわしたい。夕希はこれから処女ではなくなる。処女の性器を舐められるのは、今日で最後になるだろう。

しかし……。

思いきって掛け布団をガバッと剝がすと、夕希は我に返ったような顔で眼を見開いた。黒い瞳をみるみる潤《うる》ませ、半開きの唇をわななかせた。

「ごっ、ごめんなさいっ！」

叫ぶように言い、亀のように体を丸めた。純白のパンティにはバックレースがついていて、それに飾られた桃尻がたまらなくセクシーだったが、そんなことを言っている場合ではなかった。

夕希が泣きだした。

「わたし、やっぱりっ……やっぱり怖いっ……ねえ、将騎くんっ……怖いから今日はやめてもいい？」

嘘だろ——将騎は胸底でつぶやいた。

破瓜《はか》の痛みは相当らしいから、処女喪失を怖がる気持ちはわかる。だが、誘ってきたのは彼女のほうなのだ。勇気をもって大人の女になりたいと、彼女なりの覚悟があったはずだ。

それに、あんなにヌルヌルに濡らしておいて、いまさらやめるなんて、ひどすぎるじゃないか。

将騎が二十一歳のリアル大学生だったら、怒りだしていたかもしれない。

しかし、中身が三十五歳だから、大人の寛容を備えていた。嫌がる女を無理やり押し倒したところで、ろくなことにならないことを知っていた。ましてや夕希は処女である。初体験でセックスがトラウマになってしまったら、二度とやらせてもらえないかもしれない。

ギリッ、と歯嚙みした。

将騎の目的は夕希の処女を奪うことではない。その後も交際を続け、ラブラブの恋人同士になることなのである。となれば、耐えがたきを耐えて、ピンチをチャンスに変えておくべきだ。やさしく慰めることで信頼を勝ちとり、男をあげておくべきだろう。

「泣かないで……」

亀のように丸めた背中に掛け布団をかけてやる。

「俺、夕希ちゃんのことが好きだから……大事にしたいから……キミを傷つけるものから、キミを守りたい……それが俺の欲望なら、我慢すればいいだけのことだから……」

決まったな、と思ったが、亀の格好でむせび泣いている夕希はノーリアクションだった。

格好をつけてすべってしまったのは恥ずかしかったけれど、夕希を大事にしたい気持ちに嘘はなかった。残された問題は、ブリーフの中で蛇の生殺しとなり、悲鳴をあげている分身の扱いである。

三十五歳の身であれば、セックスの途中で女が泣きだしたりしたら、萎《な》えてしまったかもしれない。

　しかし、二十一歳の若い性欲は、女の涙くらいではへこたれない。いまだ痛いくらいに勃起して、ズキズキと熱い脈動まで刻んでいる。こんな状態では夕希を慰めるのもままならないし、勃起したまま電車に乗って自宅まで帰るなんて、恥ずかしすぎる罰ゲームだ。

「あのさ……」

　将騎はベッドの上で正座した。

「バスルーム、借りてもいい？」

　夕希がしゃくりあげながらこちらを見る。不思議そうな顔をしている。

「正直に言うけどさ、男って興奮したまま途中でやめるって、ものすごく苦しいんだ。だから、その……自分で処理するから……」

「どういう意味ですか？」

　罪のない顔で訊ねられ、

「いや、だから……オナニーして射精するから！」

　将騎はつい声を荒らげてしまった。

「ごめん。自分ちのバスルームで男にオナニーされるなんてキモいかもしれないけど、綺麗に使うし、なにしろこういう状況だから、許してくれないかな」

夕希が体を起こした。パンティ一枚の体を、掛け布団を巻いて隠す。

「ここでしちゃまずいんですか？」

「はっ？」

「わたし、男の人が自分でするところ、見てみたい……」

好奇心に眼をキラキラさせて言われ、将騎は気が遠くなりそうになった。泣き顔にまで震えるほどの気品があるから許してやるが、いったい誰のせいでこんなことになったと思っているのだろう？

「嘘」

夕希が布団の中から手を伸ばしてくる。涙に濡れた手で、将騎の手をぎゅっと握る。

「誰でもいいから見たいわけじゃない……将騎くんのだから見てみたい……好きな人がすることだから……」

将騎は言葉を返せなくなった。

5

夕希にオナニーを見せることを了承したものの、これはなかなかの羞恥プレイだと、すぐにはブリーフを脱げなかった。相手が欲求不満のバツイチならともかく、いま目の前にいるのは穢れを知らないまっさらな処女……。

女がオナニーしているところを見れば男は興奮するけれど、逆の場合はどうなのだろう？　女も興奮するのだろうか？

涼子のような女は別だ。彼女の場合は、どさくさにまぎれて自分もオナニーをしたかったのだ。

しかし、清らかな夕希がとても興奮するとは思えなかった。滑稽さに笑われるだけではないか？　顔に出さなくても、内心では絶対に笑っている。そんな中、サルのように顔を真っ赤にして自慰をするなんて……。

せめて夕希がパンティ一枚の裸身を見せてくれれば、恥ずかしさもシェアできそうな気がするが、頭から布団を被って雪ん子みたいになっている。そうしていると、美しさより可愛らしさが際立つ。なぜ自分はこんなに可愛い女の子の前で、赤っ恥をかかなくてはならないのだろう……。

とはいえ、射精をしなくては家にも帰れない以上、甘んじて恥をかくしかないのが現実だった。夕希が好きだと言ってくれたのだから、射精して勃起さえ鎮めれば、今夜は口笛を吹いて家路に就けるはずだ。

将騎はベッドの上に立ちあがり、震える手指でブリーフの両サイドをつかんだ。一気におろすと、勃起しきったペニスは唸りをあげて反り返り、下腹に張りついた。夕希からはペニスの裏側しか見えていないはずだ。

普段は立ったままオナニーなんてしないのに、横になるのも恥ずかしい気がして、ペニスを握りしめた。しこしことしごきだせば、ペニスの芯が熱く燃えあがり、快感の炎が全身にひろがっていった。オナニーでこんなに気持ちよくなったのは、おそらく初めてだ。

夕希の視線は感じていた。チラリと顔色をうかがうと、ドン引きしていたので泣きたくなった。なのにペニスはひときわ硬くなっていく。体中の血が沸騰しそうなほど興奮してしまう。

屈辱や羞恥も、快楽のスパイスになり得るということだろうか。しごくピッチはワンストロークごとに速くなり、休憩もせずにしごきつづける。

とにかく、さっさと射精したかった。勃起さえ鎮まれば、この大恥も笑い話になるだろう。夕希とひとしきり談笑し、うまくいけば一緒にシャワーを浴びたりしてから、笑顔で家路に就けばいい。

早くも射精の兆候が訪れた。眼をつぶってしごきつづけた。瞼の裏には、ヌルヌルの割れ目をいじられて悶えている夕希の顔が浮かんでいた。あの顔はいやらしかった。美しくも淫らだった。か細いあえぎ声も可愛かった。

「……えっ？」

気配を感じて眼を開けると、夕希がすぐ側まで来ていた。雪ん子のままだったが、息がかかりそうなほどの至近距離でペニスを凝視している。大量にあふれだした我慢汁が包皮の中に流れこんでいたので、しごくたびにニチャニチャと音がたっていた。恥ずかしさに顔から火が出そうだった。

「なっ、なにやってるの？」

「わたし、これ見たの初めてだから……近くで見てみたいなあって……」

反り返ったペニスを指差して言う。真顔なのがつらい。いっそのこと笑ってくれないか？

「キッ、キモいよね？」

夕希は曖昧に首をかしげ、

「それより疲れませんか？」

「えっ？」

「ずっと手を動かしてるから、疲れないのかなあって……」

もちろん、疲れていた。いつもなら、溜めというか休憩というか自分を焦らすというか、途中で何度もしごく手をとめるのに、いまはさっさと射精することに全力を傾けている。

「よかったら代わりますけど……」

夕希の言葉に、将騎は息を呑んだ。

「わたしが代わりにしごいたら、ダメ？」

「ダッ、ダメじゃないけど……本当にいいの？」

「やっぱりその……わたしも責任感じてるし……将騎くんのこと苦しくしちゃって、悪いなって……」

夕希が右手を伸ばしてきたので、将騎はペニスから手を離した。白魚のような細い指が、恐るおそるペニスにからみつく。

夕希の視線が動く。将騎の顔とペニスを交互に見ている。沈黙がつらい。

「いっ、嫌ならやめてもいいんだけど……」

「べつに嫌じゃないです」

夕希はきっぱりと言った。

「思ったよりも、太いなって……こんなに太いもの、本当にわたしの中に入るのかしら？」

赤ん坊が出てくるところなんだから大丈夫だろ、と思ったが言わなかった。

「それに……太いだけじゃなくて、硬いし、熱い……」

ささやきながら、すりっ、すりっ、としごいてくる。刺激そのものはソフトでも、ペニスの間近には、清楚な美貌があった。普通だったら、仁王立ちフェラのポジションだ。自分のペニスと夕希の顔のツーショットを眺められ、興奮せずにはいられない。

処女なりに興奮しているのか、すりっ、すりっ、とペニスをしごくほどに、夕希の呼吸がはずみだした。甘い吐息が、ペニスにかかる。先端から涎を垂らしている亀頭が、吐息に撫でられる。もう、それだけで昇天してしまいそうだ。

「こんな感じでいいですか？」

「あっ、うん……すごく気持ちいい……」

「もっと強くとか、もっと速くとか、ありません？」

「しごき方はそれでいいんだけど……」

将騎は思いきって言ってみた。

「できればその……布団から出てほしいというか……」

「えっ？」

夕希が眉をひそめたので、

「あっ、いや……嫌ならいいんだ、嫌なら……」

「わたしの裸、見たいんですか？」

「そりゃ見たいさ。好きな人の裸だから……俺は夕希ちゃんが大好きだから……」

先ほどの意趣返しだった。夕希はにわかに頬を赤く染めると、

「わかりました」

大きく息を吸いこみ、布団から出てきた。巨乳といっていい豊満な乳房をさらけだして、ペニスをしごきはじめた。

将騎は眼もくらむほどの眼福《がんぷく》を感じていた。タプタプと揺れる巨乳はもちろん、白く輝く素肌や、長い手脚、股間にぴっちりと食いこんでいる純白のパンティと、見所がありすぎて視線が定まらない。

一方の夕希は、真剣な面持ちでペニスをじっと見つめながらしごいている。生まれて初めて触れた男性器を手に、緊張と好奇心が入り混じった表情で、淫らな快感を送りこんでくる。

たまらなかった。

まるで天国にでもいるような夢見心地の気分になった将騎は、ぼうっとしてしまった。半分意識を失っていたのかもしれない。それもまた、春眠をむさぼるように心地よかった。頭の中に霞《かすみ》がかかったようになり、このまま快楽の沼に沈んでいきたいと思った。

おかげで、肝心なことを忘れていた。

二十一歳の若いペニスは、精力が満点ながら、それゆえに暴発の恐れがあるのだ。射精の兆候が訪れたら、途中でブレーキが利かない……。

「ダッ、ダメッ……ダメだっ……」

将騎は上ずった声をあげ、焦った顔で首を振った。ここで暴発したら、噴射した白濁液が夕希の顔にかかってしまう。

「もっ、もう出るっ……出そうだからっ……」

将騎があまりにあわてているので、夕希もびっくりしたようだった。処女には射精のメカニズムがわかっていないという不運もあった。夕希は反射的にペニスを強く握りしめ、しごくピッチをあげた。ブレーキとアクセルを踏み間違えたようなものだった。

「おおおおっ……」

将騎は野太い声をもらし、全身を小刻みに震わせた。

自分から腰を引き、強引に愛撫を中断すれば、清らかな美貌を穢さないですんだはずだ。それができなかったのは、夕希の手コキがあまりにも気持ちよかったからだ。このままでは大惨事になると頭ではわかっているのに、体が言うことをきいてくれない。夕希の手コキから逃れられない。

「でっ、出るっ……もう出るっ……おおおおっ……うおおおおおーっ！」

雄叫《おたけ》びをあげて腰を反らせた。夕希の手の中で、限界まで膨張したペニスが爆ぜた。

ドクンッという衝撃とともに、ペニスの芯に灼熱《しゃくねつ》の快感が走り抜けていった。

噴射した熱い粘液は、当然のように夕希の顔にかかった。

「きゃーっ！」

夕希が悲鳴をあげても、射精は終わらなかった。

ドクンッ、ドクンッ、ドクンッ、と吐きだされるたびにものの見事に着弾して、最後の一滴を漏らしおえるころには、夕希の清らかな美貌はコンデンスミルクをぶちまけられたようになっていた。

第四章　羞《は》じらいの向こう側

1

翌日、将騎はバイトのシフトからはずれていた。その翌日は夕希がシフトに入っていなかったので、顔面射精事件から二日間、ふたりが会う機会はなかった。メールを送る勇気もなかったし、向こうからも来なかった。キャンパスで夕希の姿を探しても、見つけだすことはできなかった。

ひどく悶々とした二日間だった。

早く会って顔色をうかがいたかったが、三日目がやってきたらやってきたで、今度は会うのはものすごく気まずい気がして、バイトを休みたくなった。

もちろん、そんなわけにはいかないので、大学の授業を終えると、自由が丘に向かったけれど、どんな顔をして会っていいかわからない。

夕希の美しい顔を欲望のエキスで穢してしまった件については、土下座して謝った。土下座したのなんて初めてだった。とくに女に対しては、心からお詫びを言ったことさえない。

「気にしないでください……」

夕希は力なく言っていた。怒っているというより、ショック状態に陥っているようだった。顔を洗うと布団にくるまってしまったので、将騎はしかたなく帰宅した。驚くほど大量の精液を吐きだしたので下半身は軽かったけれど、心にはぽっかりと風穴が開き、冷たい風が吹き抜けていった。

〈アメリカンバーガー〉に到着した。

とにかく笑顔で挨拶しようと胸に誓い、バックヤードに入っていった。夕希はまだ来ていないようだった。更衣室で制服に着替え、タイムカードを押したところで、清楚な紺色のワンピースを着た夕希が裏口から入ってきた。

「こんにちはっ！」

将騎としては精いっぱい明るい笑顔をつくったつもりだったが、無視された。ガン無視だ。びっくりしてその場にへたりこみそうになった。

制服に着替えた夕希が更衣室から出てきて、仕事を始めてからも、注文などの事務的なこと以外、会話はなかった。普段からバイト中に私語を交わすことはないのだが、あからさまに拒絶のオーラを放っていた。将騎が近くにいるときは、笑顔さえ見せない。スマイルゼロ円ならぬ、スマイルゼロだ。

深い溜息がもれた。

自分に非があることはわかっている。高嶺の花がせっかくペニスをしごいてくれたのに、あろうことか顔面に精液をかけてしまうなんて、あり得ない失態だった。

バイトに来る前から、嫌われてしまったかもしれないと思っていた。だが、手コキの前には好きだと何度も言いあったし、しっかり謝罪だってした。夕希はやさしい女だから、許してくれるだろうという甘い期待のほうが大きかった。どうやら、そう簡単には許してもらえないようである。

嫌われたダメージも甚大《じんだい》だったが、傷物にしてしまった罪悪感も強かった。処女なのに顔面シャワーの経験があるなんて、変態みたいなものだろう。そんな女がいたら、将騎だって眉をひそめる。

午後八時——。

その日のバイトを終えると、肩を落として店を出た。夕希は今日、閉店の十時までのシフトだった。どこかで時間を潰して駅で待ち伏せすることも考えたが、帰り際「お先に失礼します」と言っても無視された。顔も向けてくれなかった。この状況でストーカーじみた真似をしても、よけいに嫌われるだけだろう。

飲まずにいられなかった。

駅前の焼鳥屋から香ばしい煙が吐きだされていて、その煙に巻きこまれるようにして店に入った。

カウンター席に座り、生ビールを飲んだ。冷えたビールが渇いた喉に染みたけれど、完全に泣きそうだった。

すべてはシナリオ通りにいっていたのだ。

朋美や涼子の誘惑から逃れ、時間をかけて慎重に夕希との距離を縮めて、ベッドインに漕ぎつけた。

夕希が途中で泣きだしてしまい、行為が中断となってしまったのはシナリオにはないアクシデントだが、処女が破瓜《はか》の痛みを恐れるのはしかたがないことだ。問題はその先だった。さっさと自力で射精してしまうべきだったのに、夕希の好意に甘え、あまつさえその快楽に溺れて、あろうことか発射する場所を間違えてしまうなんて……。

後悔ばかりがこみあげてくる。夕希の手コキから逃れられなかったなら、せめて左の手のひらに自分の出したものを受けとめればよかった。無意識に、夕希の清らかな美貌をおのれのザーメンで穢したいというドス黒い欲望でもあったのだろうか？　あったとしたら最低である。もう一度タイムリープして、幼稚園からやり直したほうがいい。

「すいませーんっ！　生ビールと熱燗《あつかん》二合ください」

隣の席から聞き覚えのある女の声が聞こえてきた。眼を向けると、いつの間にか涼子がそこに座っていた。こちらを見て、ニヤニヤ笑っている。

「マッ、マネージャー……偶然ですね……」

「偶然じゃないわよ」

涼子は運ばれてきた生ビールを飲んだ。喉を鳴らしてぐびぐびと……美人のくせに男前な飲み方だ……。

「お店から、あなたのあとをつけてきたの」

「はっ？　どうしてそんなストーカーみたいな真似を……」

「なんか悩みがあるみたいだったし、わたしでよかったら相談に乗るわよ。篠宮さんとうまくいってないんでしょう？」

「えっ？　どうしてそんな……」

将騎はうろたえた。

「見ればわかるわよ。篠宮さんはいつになくツンツンしてるし、あなたはこの世の終わりみたいな顔してるし……」

熱燗が運ばれてくると、涼子はそれもお猪口《ちょこ》に注いで飲みはじめた。生ビールと交互に……。

「ずいぶん豪快な飲み方ですね？」

皮肉っぽく言ってやったが、

「ビールはチェイサー代わり。日本酒って喉が渇くじゃない？」

涼子は平然と答えた。そんな飲み方をしてるから、正体を失うまで酔っ払って、男をホテルに連れこむような真似をしちゃうんじゃないですか、と思ったが言わなかった。

「で、どうなの？　篠宮さんにきっぱりふられたの？　それとも付き合ってるけど喧嘩した？」

「それを知ってどうしようっていうんですか？」

「わたしとしては、ふられるのを待ってるわけよ」

涼子は瞼を半分落とした妖艶な顔で、意味ありげに将騎を見た。

「あなたの編みだしたあの方法、けっこう素晴らしいんじゃないかと思ってね。貞操を守りつつ、刺激はたっぷり。体もすっきりで、次の日はお肌がつるつる。篠宮さんにふられたなら、またホテル行きましょうよ」

「うちの店のコンプライアンスって、いったいどうなってるんですか？」

将騎は唇を歪《ゆが》めて吐き捨てた。

「ホテルなんて行くわけないでしょ。僕はね、愛がないセックスなんてしたくないんですよ。この前のは例外中の例外です」

「若いなあ。愛はやがて冷めるものなのよ。でもね、この世に永遠の愛なんて存在しないってわかったあたりで、欲望というのはメラメラ燃えあがってくるものなの」

「別の人とメラメラしてください」

「篠宮さんとうまくいってるなら諦めるわよ。実際どうなの？」

「そっ、それは……」

将騎は口ごもり、生ビールを呷《あお》った。もうなくなりそうだった。涼子に至っては、早くも二本目のお銚子を注文している。

「まあ、飲みなさい」

お猪口をひとつ渡してくれ、酒を注がれた。将騎は飲んだ。熱い日本酒が、五臓六腑に染み渡っていく。

「わたしはなにも、あなたの恋愛を邪魔したいわけじゃないのよ。うまくいくようにいく協力するし、実際したでしょう？　若い女の子の考えてることとなんて手に取るようにわかるから、わたしのアドバイスに従えば、うまくいく確率はかなりあがるはず」

「……本当に？」

将騎は猜疑心《さいぎしん》たっぷりの眼つきで涼子を見た。

「下心抜きで協力してくれるんですか？」

「だから下心はあるわよ。でも順番はしっかり守る。あなたがふられるまでは協力するけど、ふられたらわたしとホテルで……」

ニヤリ、と笑いかけられ、将騎はひきつった顔面をぴくぴくと痙攣させた。

2

涼子が笑っている。腹を抱えて、もう五分くらい笑いつづけている。笑いながら熱燗を呷り、チェイサー代わりの生ビールを喉に流しこむ。

「いくらなんでも笑いすぎじゃないですか？」

将騎が咎めるように言うと、

「だってあなた……」

涼子は笑いをこらえきれない。

「最初のベッドインで顔に射精しちゃうなんて、それはないわよ。しかも、篠宮さん、処女だったんでしょう？　トラウマよ、トラウマ。エッチを知る前の女ってね、あなたが思ってるよりずーっと繊細で、壊れやすいガラス細工みたいなものなんだから。その顔にかけちゃったたって……ククク ッ……」

「笑ってないで解決策を教えてくださいよ」

将騎は貧乏揺すりをしながら訊ねた。

「恥を忍んで全部話したんですからね、壊れやすいガラス細工と仲直りする方法をぜひ……」

「そんなのあるわけないでしょ」

涼子は笑いながら首を横に振った。

「顔に射精しておいて、仲直りできると思うほうがどうかしている。図々しいにも程がある。諦めなさい。わたしが篠宮さんだったら、あなたの顔なんて二度と見たくないもの。下手したらバイトやめるわね」

涼子は徳利からお猪口に酒を注ごうとしたが、もう滴《しずく》しか出てこなかった。すでにお銚子を三本空けていた。将騎は事情を説明していたので、涼子がほとんどひとりで飲んだ。一本二合だから、全部で六合。それ以外にも、生ビールをジョッキで三杯……。

まだ笑いつづけている涼子を、将騎は遠い眼で見つめた。

こんな酔っ払いを少しでもあてにした自分が愚かだったのだ。たとえ解決不可能に思える案件でも、こちらが泣きそうなくらい落ちこんでいるのだから、少しは慰めてくれてもいいのではないか？

「マネージャー、飲みすぎですからもう帰りましょう」

「帰るですって？」

涼子はケラケラ笑いながらこちらを見た。

「このまま帰れると思ってるの？　あなたは篠宮さんにふられたのよ。つまり、あなたにはわたしとホテルに行く義務が発生しました」

「馬鹿なこと言ってないで帰りますよ」

将騎は立ちあがり、伝票を持ってレジに向かった。この状況では涼子に払ってもらう展開は望めなかった。幸運にも、仕送りをATMでおろしたばかりだったから、財布には一万円札が入っていた。今月は生活が苦しくなりそうだったが、もうしかたがない。

「会計すましてきましたから帰りましょう」

「だからキミは帰れないの！」

立ちあがった涼子は眼の焦点が合っておらず、足元も覚束《おぼつか》なかった。電車に乗るのも厳しそうな泥酔状態と言っていい。

中身が三十五歳の将騎は知っていた。女がこういう状態になった場合、すみやかにタクシーに押しこんで帰らせたほうがいい。過剰に心配したり余計な気を遣ったり下心をもったりしたら、待っているのは地獄めぐりだ。

「ほら、しっかり立ってください。いまタクシー停めますから」

大通りに出て手をあげようとしたが、こういうときに限って空車がなかなか来てくれない。

「行き先は渋谷の円山町《まるやまちょう》ね」

耳元でささやいてきた涼子は、将騎の腕にしがみついていた。立っているのがつらそうなので支えになるのはかまわないが、しきりに体を密着させてくるのはどうにかならないものか。

「それとも、夜景の見える高層ホテルとか行っちゃう？　ああいうとこ行くと、窓ガラスに両手をついて立ちバックするのがお約束よね」

「行くならひとりで行ってください」

「どうしてそんなに逃げ腰なわけ？」

涼子は茶目っ気たっぷりに唇を尖らせた。

「こんなにいい女がホテルに誘ってるのに、断る気持ちが理解できない」

「マネージャーがあてにならないのはよーく理解できましたから、自分で解決策を考えます」

「ねえねえ……」

卑猥な笑みを浮かべながら、耳元に唇を寄せてきた。

「わたしにだったら、顔に射精してもいいんだよ……」

甘い声でささやかれ、将騎は涼子を睨みつけた。処女への顔面シャワーがたいそうツボに入ったようだが、将騎はからかわれるたびに胸が痛んだ。夕希のことも一緒に笑われているような気がするからである。

「それだけじゃなくてね、なんだってしてあげるわよ……そうだ。篠宮さんはもう諦めるしかないんだから、わたしが筆おろししてあげましょうか？　フェラにシックスナインに体位もフルコースで、めくるめく夜にしてあげるわよ。思いだすだけでオナニー三回できちゃうような……」

まったく、と深い溜息がもれる。どうして日本には、ドスケベ女を取り締まる法律がないのだろうか？

しかも、ただのドスケベでなく、美人でスタイルもいいから始末に負えない。息のかかる距離にある顔は、見れば見るほど美形なので見とれてしまう。アルコールの香りが混じった甘い吐息の匂いだけで、勃起しそうになってしまう。この唇にペニスをしゃぶられたら、たしかにめくるめく夜になるだろう。

「ねえ、もうはっきり言うけど、わたしエッチがしたくてしようがないのよ。独り身になった体が、疼いて疼いてしかたがないの。可哀相じゃない？」

せつなげに眉根を寄せて見つめられ、将騎の心はグラッと揺れた。涼子が時折見せるアラサーバツイチの哀愁は、中身が三十五歳である将騎のツボだった。いや、美人でスタイルがよくて同情を欲している女なんて、男なら誰だってツボだろう。

たしかに……。

夕希のことはもう諦めるしかないのかもしれなかった。顔面シャワーで傷つけてしまったことは間違いないので、バイトもやめて彼女の前から姿を消すのが、いまの自分にできるいちばんの思いやりかもしれない。

そうであるなら、涼子と楽しくやるのもひとつの未来かもしれなかった。彼女はドスケベだが、逆に言えば自分の欲望に正直なのだ。言動はメチャクチャなのに、憎みきれない愛嬌がある。欲望が満たされなくて嘆いている姿はせつなげで、この手で満たしたくなってくる。

だが、

「お願い、抱いて……」

涼子がしがみついてきたので、将騎は反射的に腰を引いてしまった。アラサーバツイチの哀愁を前面に出し、お願いだから慰めてほしいという態度だったら、抱擁《ほうよう》に応えていたかもしれない。

しかし涼子は、左手を将騎の首にまわすと同時に、右手で股間をつかんできたのだった。勃起していないペニスを揉まれた。人影はあまりないとはいえ、ここは路上である。性器を揉みしだいていい場所ではない。

「ちょっと待って……やめてくださいよ、もう……ここ自由が丘ですよ。こんなところ、もし誰かに見られたら……」

ようやく空車のタクシーがやってきた。将騎はしがみついてこようとする涼子をいなしながら、手をあげてクルマを停めた。後部座席のドアが開くと、涼子を車内に押しこんだ。

泥酔状態の涼子は、こちらに尻を向けて四つん這いになっていた。まだ脚がクルマの外に出ていたので、尻を押すしかなかった。涼子が腰を振って抵抗するので、将騎も両手に力をこめた。

濃紺のタイトミニがずりあがり、パンティが見えた。ナチュラルカラーのストッキングに、薄紫のセクシーランジェリーが透けていた。豊満な尻肉を飾るバックレースがエロティックすぎて、将騎の息はとまった。

「出してくださいっ！」

運転手に大声で言い、手動で後部座席のドアを閉めた。ハアハアと息をはずませながら、タクシーのテールランプを見送った。ようやく悪夢が終わってくれた。酔いなんてすっかり醒めていたが、飲み直すような気分でもない。

「ふーっ……」

駅に向かって歩きだそうとして、足がとまった。こちらを見ている人がいた。

清楚な紺のワンピースを着たすらりとした若い女——夜の闇の中でも色の白さが際立ち、一秒で美人とわかる……。

夕希だった。

将騎はリアクションがとれなかった。悪夢の第二幕が開演されるベルが聞こえてきた。これは誤解される展開に違いなかった。暗いのでよくわからないが、険しい表情をしている気がする。

夕希がこちらに向かってゆっくりと歩きだした。将騎の頭上に外灯があったので、満月が雲の向こうから姿を現すように表情が見えた。

眼が吊りあがっていた。いままで一度も見たこともないほど、怖い顔をしていた。しかも、こちらを睨んでいる。店では今日、一回も眼を合わせてくれなかったのに……。

ふたりで行ったお化け屋敷のお化け軍団より恐ろしかった。戦慄が背筋を這いあがってくるのを感じながら、将騎は言い訳を考えた。実際には、言い訳をしなければならないほど悪いことはしていない。泥酔している上司を支えるために腰に手をまわしたり、タクシーに乗せるために尻を押したくらいだ。その拍子《ひょうし》にスカートがめくれ、薄紫のパンティをばっちり見てしまったが……。

夕希が目の前まで来て立ちどまった。

「許せない」

地を這うように低い声で言った。あまりの怖さに将騎の心はポッキリ折れて、言い訳をする気もなくなった。もう殺してくれ、と胸底でつぶやく。

「マネージャーって、あんなにふしだらな人だったんですね。わたし、尊敬してたのに……」

「えっ？」

将騎は話の方向を見失い、どういう顔をしていいかわからなくなった。

「言い訳はしなくていいです」

夕希は将騎のほうに右手を伸ばし、口の前で人差し指を立てた。

「全部見てましたから。通りかかったら、将騎くんとマネージャーがもつれあって歩いてて、びっくりしちゃって……」

「見てたって、一部始終を？」

「はい」

夕希はきっぱりとうなずいた。

「マネージャーに強引に誘われてたんですよね？　声まではっきり聞きとれま

せんでしたけど、マネージャーはエッチとかホテルとか……もっといやらしいこともいっぱい言ってて、将騎くんはものすごく困ってて……完全に逆セクハラじゃないですか。だいたいマネージャーって既婚者でしょう？　将騎くんが誘いに乗ったら、不倫じゃないですか」

三カ月前に離婚したから不倫ではない、と将騎は思ったが言わなかった。

夕希は、涼子が将騎に逆セクハラで迫っていたと思いこんでいる。いや、実際にその通りなのだから、いまは涼子の名誉を守るより、保身に全力を尽くしたほうがいい。

「いやあ、本当にまいったよ……」

将騎は頭をかきながら言った。

「駅前で会ったら強引に焼鳥屋に連れこまれてさ。こっちとしては、上司と一対一で飲むのもしんどいなって感じだったんだけど、酔ったらもう、あの調子で手に負えなくて……若いんだから性欲ありあまってるんでしょう？　とか言われても……」

名誉を守るどころか完全に悪者にしてしまったが、顔面シャワーをさんざん笑った罰として、汚名を着てもらおう。

「僕には好きな人がいるから無理です、って何度も言ったんだよ。好きな人を裏切れませんって……本当に大好きなんですって……」

夕希の眼は、もう吊りあがっていなかった。そっぽを向いていたが、その頬が赤く染まっているのを将騎は見逃さなかった。

3

家まで送っていくという名目で、将騎は夕希の自宅までついていった。

夕希が住んでいるのは都心からけっこう離れた郊外なので、自宅マンションに到着した段階で、すでに午後十一時半を過ぎていた。終電の時刻まで、あと三十分ほどしかない。

にもかかわらず、夕希は将騎を部屋にあげてくれた。ベッドに寄りかかれるポジションで、並んで床に座った。

気まずかった。涼子の件を誤解されなかったのはいいとして、顔面シャワー問題が解決したわけではなかった。人前で話すようなことでもないから、電車の中ではお互いにほとんど口をきかなかった。

「この前はごめん」

眼を合わせずに言った。

「そんなつもりはなかったんだけど、顔になんてかけちゃって……夕希ちゃんのトラウマになったと思うと、俺、本当に申し訳なくて……」

言葉が返ってこなかった。横眼でチラリと見ると、夕希は手で口を押さえてクスクス笑っていた。

「べつに怒ってませんよ」

笑いながら言った。

「最初は顔を合わせるのが恥ずかしかったから、眉間に皺を寄せてお店に行ったんです。そうしたら、将騎くんがあんまりおろおろしているから、なんだか面白くなっちゃって……そのうち怒ったふりをやめるタイミングがわからなくなっちゃって……バイトが終わったら、メールで謝ろうと思ってました」

「……本当？」

将騎が上目遣いで訊ねると、夕希は笑顔でうなずいた。

「だって、男の人は気持ちがよくなると出ちゃうんでしょう？　わたしこそ、そういうのよくわかってなかったから、申し訳なかったなって……」

「いや、そんな……あれは完全に俺の過失で……」

「あのう!」

夕希が遮《さえぎ》って言った。

「お酒でも飲みませんか?」

意外なことを口にして、にっこりと笑う。

「……いいけど」

「スーパーで安売りしてたから、缶チューハイをいっぱい買ったんです。レモンとオレンジとグレープフルーツ、どれがいいですか?」

「……じゃあレモン」

夕希は立ちあがって冷蔵庫に向かった。レモン味の缶チューハイを二本持って戻ってくると、隣に座り直して一本を渡してきた。プルタブを開けて、乾杯した。安売りの缶チューハイなはずなのに、さわやかな味がしておいしかった。

将騎の胸はざわめいていた。

このタイミングで酒なんて飲みだしたら、終電を逃すことになる——それはそれで風雲急を告げる展開だったが、事態はもはやそういうレベルではなくなっていた。

どうして夕希の自宅に缶チューハイが何本もあるのか?

彼女とは一度だけ居酒屋に行ったことがあるが、酒はあまり得意ではないと言っていた。そのときも、梅酒を一杯飲んだだけだった。ひとり暮らしの部屋で酒を飲むタイプとは思えないし、大学時代はそこまでみんな飲んでいなかった。安売りしていたとしても買いだめなんてするのは不可解だ。

ということは……。

将騎が来たときに備えていたとしか考えられなかった。それも、ただ酒を出してもてなしたいというのではなく、もっと深い思惑がありそうな気がする。

たとえば……。

酔ってしまっていろいろな感覚を鈍らせれば、処女喪失に対する恐怖が少しはやわらぐのではないかと思ったとか……。

「おいしいですね」

笑顔を向けてきた夕希の顔は、早くもピンク色に染まりつつあった。正視することができないほど、暴力的に可愛かった。

「もう一本飲んじゃおうかな。将騎くんは？」

「いや、まだあるし……」

「そう」

夕希は冷蔵庫から今度はグレープフルーツ味の缶チューハイを持ってきた。プルタブを開けて飲んだ。あきらかに、一刻も早く酔おうとしているようだった。

「腕組んでいいですか？」

ピンク色の顔で、夕希が訊ねてくる。

「もっ、もう酔った？」

「どうかしら？」

腕を組んできた夕希は、鼻歌を歌いだした。曲名はわからなかったが、明るいメロディだった。

「なっ、なんでそんなに機嫌いいのかな？」

「ええーっ、そういうこと訊いちゃうんですか？」

夕希は悪戯っぽく眼を丸くした。

「いや、その……バイトのときはずっと怖い顔してたから、ギャップが激しすぎてついていけないというか……」

「もう怒ったふりはしませんよ」

夕希はクスクスと笑い、

「あんなところ見せられたら、もう意地悪できません」

「あんなところ？」

夕希は将騎と腕を組んだまま、上目遣いを向けてきた。

「マネージャーって美人じゃないですか？」

「そう？　普通じゃない？」

将騎はとぼけた。女は時折、こういうやり方で引っかけてくる。これは中年まで生きた男の知恵だ。うっかり同意してしまったら最後、好感度がダダさがりになる。

「美人ですよぉー。顔も綺麗だし、スタイルいいし、意識高い系って感じで、ネイルからアクセサリーまでいつも完璧だし、あと……大人の色気？　そういうのもあるじゃないですか？」

「女子ウケがいいタイプなのかねえ……」

「わたしが男だったら、あんな綺麗な人に誘惑されて、断ることなんてできないと思うんですよ」

「できるさ」

将騎はふっと笑った。

「夕希ちゃんみたいな素敵な彼女がいたら、たとえ民放のエース女子アナに誘惑されたって、絶対に裏切れない」

眼が合った。夕希は息をとめていた。将騎もそうだった。

「……やだ」

夕希は眼尻を指で拭った。

「嬉しいこと言ってもらったのに……どうして涙が出てくるんだろう……」

将騎は夕希を抱きしめた。息のかかる距離で見つめあった。夕希が眼を閉じ、唇を差しだしてくる。

キスをした。夕希の小さな唇が、今日はやたらと肉感的に感じられた。衝動的に舌を差しだし、舐めまわしてしまった。下品なことをしてしまったかと一瞬後悔したが、夕希も舌を差しだしてくれた。

淫らなほど深いキスを続けながら、夕希の体をまさぐった。清楚な紺色のワンピースの上から、背中や二の腕を撫でた。床に座っているので尻は撫でられなかったが、太腿を撫でさすった。

「あっ……んんっ……」

夕希が鼻にかかった甘い声をもらす。抵抗の素振りは見せない。まだ服の上からの愛撫なのに、反応が敏感な気がした。二度目だから、少しはリラックスしているということか？　あるいは今日こそ処女を捨てようと、覚悟を決めているのだろうか？

長い黒髪に隠れている、首の裏側に両手をまわした。ワンピースのホックをはずし、ファスナーをおろしていく。

上半身をはだけさせると、紺色の生地の下から白いさらしが現れた。余裕でFカップはありそうな乳房を、Cカップくらいに潰しているから、何重にも巻かれている。

将騎はそっと剝がしはじめた。白いさらしは巨乳を隠し、セクハラを封じるための実用的なインナーである。色っぽいはずがないと思っていたが、意外はほど興奮した。さらしを剝がしていくほどに、乳房は元の隆起に戻っていく。魔法を使ってふくらませているような錯覚にさえ陥る。

すべてを剝がし、双乳を露わにすると、夕希は両手でそれを隠した。恥ずかしそうに眼の下を赤く染めながら、蚊の鳴くような声で言った。

「今日は……途中でやめてって言いませんから……」

「いいよ。怖かったらいつでも途中でやめるから」

「やめないでください」

声音《こわね》はか細いままだったが、強い意志が伝わってきた。

「わたしがもし、やめてって言っても……」

「言っても?」

「強引に奪って……わたしの初めて……」

うなずく代わりに、将騎は夕希を抱きしめ、キスをした。経験したことがないほどの多幸感に、体が熱くなっていく。

「じゃあ、俺の初めても、夕希ちゃんに捧げるよ……」

4

将騎と夕希は、ベッドに寄りかかれるところに並んで座っていた。

口づけをし、乳房を露出させ、そろそろベッドに移動するタイミングだったが、将騎はふたつの理由でこのまま愛撫を続けることにした。

ひとつ目は、清楚な紺色のワンピースを上半身だけはだけている夕希の姿を、眺めていたかったからだ。ベッドに行くなら当然、ワンピースを脱がすことになる。脱がす前に、中途半端なゆえにエロティックなその格好を、もう少しだけ味わっておきたい。

ふたつ目は、座った状態で愛撫をしたかったからだ。この部屋にはソファがないから、それをするにはこの場所しかない。座った状態で愛撫したいのは、乳房を集中的に刺激するためだ。

「あのう……」

夕希は両手で双乳を隠したまま、真っ赤な顔で言った。

「灯り、消してもいいですか？」

天井の蛍光灯がついているので、部屋は明るかった。恥ずかしがる気持ちはよくわかるが、今日は簡単に譲りたくない。

「ベッドに移るときに暗くすればいいよ」

ささやきながら、耳に触れた。夕希がビクッとする。性感帯らしい。

「胸、見せて」

いやいやと身をよじる夕希の耳に、再び触れる。首筋や肩も、触れるか触れないかのフェザータッチで、くすぐるように撫でてやる。

もし将騎が本物の二十一歳・童貞だったなら、こんな中年男のような愛撫はできないだろう。相手がヴァージンでなければ、リアル童貞でないことを見破られていたはずだ。

「んんっ……ううっ……」

夕希は敏感そうに身をよじりつつも、頑なに双乳を両手で隠しつづけた。彼女の本音が垣間見えた。初体験なのだからどこを見られても恥ずかしいのだろうが、中でもとびきり恥ずかしいのが乳房なのだ。

考えてみれば当たり前だった。彼女は普段からさらしを巻いて巨乳を隠している。おそらく、セクハラ封じのためだけではない。

夕希は乳房が大きいことそれ自体が、とても恥ずかしいのである。コンプレックスであると言ってもいい。

中身が三十五歳の将騎は知っていた。コンプレックスには、お宝が眠っていることが多いものだ。ちょっと褒めてやるだけで舞いあがる場合もあれば、恥ずかしさの向こう側で未知の快楽を発見することもある。

「胸、見せて」

将騎は耳元でしつこくささやいた。

夕希が恨みがましい眼つきで睨んでくる。

「せっかく素敵なおっぱいしてるのに、そんなふうに隠されたら悲しいよ」

「わたし、自分の胸が好きじゃないんです」

「俺は夕希ちゃんの体で嫌いなところなんてひとつもないよ」

将騎は夕希の右側にいた。左手をそっと取り、口に近づけていった。ネイルなんてしたことがないような、清潔な爪をしていた。人差し指を口に含んで舐めた。夕希は驚いて眼を丸くしたが、指を丁寧に舐めしゃぶってやると、次第にうっとりした顔になってきた。

右手も取り、今度は中指を舐めてやる。やさしくしゃぶりあげては、口の中でねっとりと舌をからめる。

「将騎くんの口、どうしてこんなに気持ちいいの……」

蕩けるような眼つきで最高の褒め言葉を言ってくれた夕希の胸は、すでに無防備な状態だった。量感あふれるふたつのふくらみが、蛍光灯に煌々《こうこう》と照らされていた。

将騎はいきなりつかんだり、揉んだりしなかった。そこには触れもせずに、首筋や二の腕をフェザータッチでくすぐるように撫でた。

夕希がビクッとすると、たわわな肉房がタプンと揺れた。将騎はそれを凝視しながら、フェザータッチをしつこく続ける。時折キスをしても、乳房には絶対に触らない。夕希の口の中に、だんだん唾液があふれてくる。

百戦錬磨のヤリマン女でも言いなりにできる、必殺の焦《じ》らし愛撫だった。といっても、たいしたコツはない。根気があればいいだけだ。しかし、若いうちは欲望に負けてすぐに女を押し倒してしまう。中身が三十五歳の将騎は、十分でも二十分でも続けることができる。

ようやく乳房に触っても、揉んだりはしない。やはりフェザータッチで、裾野から乳首の手前までをしつこく撫でる。爪を使うのも効果的だ。うまくくすぐってやると巨乳がタプタプ揺れるので、とびきりの眼福が味わえる。

「ううう っ……」

夕希が泣きそうな顔になってきた。焦れているのだが、焦らされていることがよくわかっていないから、混乱しているようだった。とはいえ体は正直で、触れてもいない乳首がむくむくと隆起してきた。薄ピンクの透明感あふれる色艶なのに、突起すればさすがにいやらしい。

おまけに、太腿までこすり合わせはじめた。下半身はまだ紺色のワンピースに隠されているが、将騎にははっきりと見抜くことができた。

そんなことを三十分も続けたので、

「あっ、あのうっ！」

夕希がさすがに声をあげた。そわそわと落ち着かない。

「わっ、わたし、なんか変なんですけどっ……」

「どういうふうに？」

将騎はとぼけた顔で答えた。

「泣きたくなるくらい恥ずかしいんですけど、それだけじゃなくてっ……わけわかんない感情で、胸の中がぐちゃぐちゃでっ……ああっ！」

ちょんと乳首に触れただけで、声が出た。前回のときは聞くことができなかった、いやらしい声だった。

「胸の中がぐちゃぐちゃになって、嫌な感じ？」

夕希は勢いよく首を横に振った。

「乳首、もっと触ってほしい？」

恥ずかしげに顔をそむけ、コクッと小さくうなずく。

将騎は両手の人差し指を立て、まずは乳暈からなぞりはじめた。乳房全体の大きさに比例して、夕希の乳暈は大きめだ。しかし、色に透明感があり、先端が突起しているので、たまらなくセクシーだ。

おまけに反応がよかった。乳暈の上で指を動かすほどに、猫背になったり胸を張ったり、じっとしていることができない。あきらかに、性的な快感を得ている反応だった。声だけはもらすまいと必死に唇を引き結んでいる表情が、可愛すぎてキスをしてしまう。

夕希はすかさず抱きついてこようとしたが、そうはさせなかった。将騎はすぐに唇を離し、乳首への愛撫を続けた。

両手の人差し指に唾液をまとわせ、突起の側面からくすぐってやる。コチョコチョ、コチョコチョ、と刺激してやれば、夕希は真っ赤な顔で身をよじるばかりになる。

「ううぅっ……わっ、わたしいま、いじめられてますか？」

「怖くならないようにしているだけさ」

「えっ……」

「気持ちよければ、怖さも軽くなるだろ？」

「でっ、でもわたし、もう本当に泣きそうなんですけど……」

「泣けばいいじゃないか」

将騎は笑いかけた。

「涙を流すと心が浄化されるんだろう？　遊園地に行ったとき、そう言ってたぜ。エッチして泣いちゃうのも、きっと心の健康にいいはずさ」

「……意地悪」

夕希は悔しげに唇を噛みしめた。

正直なところ、将騎にも意地悪をしている自覚があった。快楽によって恐怖を少しでも軽減させてやりたいというのも本当だが、店でガン無視されたお返しをしているところもなきにしもあらず——中年男仕様の焦《じ》らし愛撫《あいぶ》によって、処女を恥ずかしいほど感じさせてやりたかった。こんな経験ができる男が世の中どれだけいるだろうか！

とはいえ、それもここまでだ。

将騎は左の乳首を口に含むと、本格的な愛撫を開始した。薄ピンクの突起を吸いたて、ふやけるくらいに舐めまわしてやる。右の乳首をつまみあげ、指の間で押しつぶす。

「あああっ……ああああああーっ！」

夕希は将騎の頭を抱きしめ、いやらしい声をあげた。三十分も焦らした成果は、充分にあったようだ。

声をあげ、しきりに身をよじっている夕希からは、前回には感じられなかった発情の匂いが漂ってきた。処女とはいえ、彼女も二十一歳。ただ処女を卒業したいだけではなく、性欲だってあるに違いない。欲望の翼を思いきりひろげて、大人の世界に羽ばたきたいと思っているはずだ。

5

立ちあがり、お互いに服を脱ぎはじめた。

その前に蛍光灯を切り、イミテーションのキャンドルライトがローテーブルの上に灯った。

前にオナニーするところまで見せているので、将騎はすぐにブリーフまで脱いで全裸になった。ペニスはきつく反り返り、下腹に張りついていた。

一方の夕希はワンピースを脱ぎ、ストッキングも脚から抜いたものの、そこで動けなくなった。彼女の体に残っているのはパンティ一枚——今日は水色のレースだった。純白もよかったけれど、夕希には水色が本当によく似合う。

「それは俺が脱がそうか？」

将騎は訊ねた。夕希は言葉を返さず、身動きもとらなかった。拒否されなかったから脱がしていいと判断し、将騎は彼女の足元にしゃがみこんだ。両手でパンティの両サイドをつかみ、そっとおろしていく。

「恥ずかしいです……」

夕希は両手で顔を覆った。恥ずかしがってもじもじしている様子が、可愛らしいうえにいやらしすぎて、将騎の胸は高鳴るばかりだ。

水色のパンティを太腿までおろすと、黒い草むらが見えた。春の若草のように薄かった。こんもりと盛りあがった恥丘の上だけを可憐に飾っている。

顔を近づけていこうとすると、夕希に額《ひたい》を押さえられた。

「それは……それだけは許してくれませんか？」

「舐めたりしないほうがいい？」

夕希は真っ赤な顔でうなずいた。

「匂いとか嗅がれちゃうの……さすがにつらいっていうか……」

彼女は今夜、初体験に挑む覚悟を決めている。つまり、処女の性器を舐められるチャンスは、これが最後……。

残念だが、涙を呑むことにした。なにをしても恥ずかしがるヴァージンガールだが、ここまではっきりと拒絶されたのは初めてかもしれない。若い女でクンニリングスに抵抗感がある向きは少なくないから、無理強《むりじ》いはしないほうがいい。

夕希にはセックスを嫌いになってほしくない。

将騎は水色のパンティを爪先《つまさき》から抜くと、夕希をベッドにうながした。お互い全裸だった。抱きしめると、夕希の素肌は熱く火照《ほて》っていた。

抱きしめた状態で、ゴロンと横に転がった。夕希を自分の上に乗せた。処女は正常位で奪うつもりだが、なんとなく上に乗せてみたくなったのだ。

夕希は戸惑っている。全裸で男にまたがったことなどないだろうし、処女を騎乗位で失うなんて、想像したこともないかもしれない。

将騎は彼女の長い黒髪を撫でながら、キスを深めた。舌をからめあい、唾液を啜って嚥下《えんげ》する。そうしつつ、背中も撫でてやる。すべすべの素肌にうっとりしつつ、両手を背中から腰、ヒップへとすべり落としていく。夕希は四つん這いの格好だから、ヒップがひときわ丸く感じられる。

「ぅんんっ……」

尻の双丘に指を食いこませて揉みしだくと、夕希は鼻にかかった甘い声をもらした。

彼女の尻肉は丸いだけではなく、ゴム鞠のような弾力があった。バックから突きあげたら、パンパンといい音がしそうだった。いずれはやってみたいと期待に胸を躍らせながら、今度は両手で双乳を愛撫しはじめる。

「あんっ……」

先ほどさんざん焦らしたせいか、裾野をやわやわと揉んだだけで夕希は身をよじりはじめた。薄ピンクの乳暈に縁取られた乳首は、可愛らしく突起していた。見た目は可愛らしくても、そこは敏感な性感帯だった。

「ううっ……あああっ……」

口に含んで吸ってやると、夕希は眉根を寄せて声をもらした。よがる顔も、だんだん板についてきた。眼鼻立ちの整った美形だから、表情の変化で気持ちが生々しく伝わってくる。怒った顔をすると普通の人よりずっと怖いし、笑うと心が温まるし、よがればどこまでもいやらしい。

将騎は双乳を揉みしだきながら、左右の乳首を代わるがわる口に含んだ。吸ったり、舐めたり、時には甘嚙みまでして刺激してやると、夕希は可愛いあえぎ声を撒《ま》き散《ち》らしながら、大胆に身をよじりはじめた。

上にまたがっている夕希の股間は、将騎の臍のあたりに密着していた。無意識にそうしているのだろうが、夕希は股間をこすりつけてきた。そこだけが淫らなほどに熱を放っていたし、ヌルヌルとよくすべった。初体験にもかかわらず、ずいぶんと濡らしているようだった。クンニができないのが返すがえすも残念だが、嘆いていても始まらない。

将騎は夕希を横に倒して、体《たい》を入れ替えた。今度はこちらが上になり、唇を重ねる。

自然と正常位ができる体勢になっていた。夕希の開いている両脚の間に、将騎の腰が挟まれていた。もう充分に濡れているようだし、このまま入れてしまおうと思っていると、

「ちょっとだけなら……」

夕希が恥ずかしそうに顔をそむけて言った。

「なっ、舐めても……いいですよ……」

どういう心境の変化かわからなかったが、将騎は小躍りしたくなった。よほど舐めたそうな顔をしていたのか、こちらに気を遣っているのかもしれないけれど、夕希にとっても悪くない選択なはずだった。クンニは間違いなく気持ちいい。快感に翻弄されてしまえば、そのぶん処女喪失への恐怖もやわらぐ。

四つん這いの格好で、将騎は後退った。夕希がすかさず、両手で股間を隠す。

将騎は内心で苦笑しながら、手首をつかんで、片手ずつそっと剝がしていった。

清らかな花が咲いた。

薄闇の中でひっそりと息づいていた。

夕希の陰毛は薄いだけではなく、茂っているのが恥丘の上だけだった。無駄毛を処理するまでもなく、性器やアヌスのまわりには縮れ毛一本生えていない感じだ。素肌に色素沈着もなく、どこを見ても真っ白だ。

花びらはピンク色で、綺麗なシンメトリーを描き、行儀よく口を閉じていた。女性器に対して、可愛いという感想を初めて抱いた。そのくせ、割れ目の縦一本筋は身震いを誘うほどいやらしく、男心を揺さぶってくる。顔に似合わない巨乳にはびっくりさせられたが、こちらはまぎれもなく夕希のイメージ通りだった。美人はこんなところまで美人なのだ。

将騎が薄闇に眼を凝らしてまじまじと観察しているので、夕希は真っ赤に染まっている顔を両手で覆った。辱めているつもりはないが、見ずにはいられなかった。夕希には気づかれないように、匂いもしっかり嗅いでしまう。

匂いが強いのは、処女の証だった。セックス未経験の女は、性器を念入りに洗う習慣がないらしい。

むしゃぶりついて舐めまわしてやりたかったが、そんなことはできない。大切に扱わないとバチがあたりそうなくらい、夕希の体は清らかだった。全裸で両脚をひろげているのに、いやらしさよりも美しさが際立つ。

将騎はまず、夕希の膝にキスをした。〈アメリカンバーガー〉の制服がホットパンツなので、彼女が綺麗な膝をしていることは知っていた。綺麗な膝をしているからこそ、脚もとびきり綺麗に見える。

キスをしたのは、左膝だった。チュッ、チュッ、と軽やかな音をたてて口づけしながら、フェザータッチで内腿をくすぐってやる。夕希が反射的に脚を閉じようとしたので、右手で押さえた。ついでに、右の内腿に手のひらを這わせる。なめらかな素肌の感触を味わうようにたっぷりと撫でてから、爪を立てたフェザータッチでくすぐりだす。

夕希が身をよじりはじめた。ずいぶんと感じているようだが、クンニはまだイントロが始まったばかりだ。

将騎は腹這いになると、今度は内腿にキスをした。チュッ、チュッ、という軽やかなキスから、チューッと吸ってキスマークをつけるものまで、バリエーションをつけて口づけをしては、舌を這わせた。

もちろん、キスをしながらも、両手は遊ばせておかない。フェザータッチの愛撫は続けている。

「ううう……くぅううう……」

性器に触れる前から、夕希は悶《もだ》え声をもらしはじめた。性器に触れていないのに、匂いが強まってきた。新鮮な蜜をあふれさせているようだった。男の目の前で両脚をひろげていることに、少しは慣れてきたのだろう。ただ身をよじるだけではなく、腰をくねらせはじめた。早く舐めてとねだるように、股間を上下に動かしている。

無意識にやっているのだろうが、将騎は期待に応えることにした。相手は処女だから、慎重に扱う必要があった。あふれた蜜を味わいたい気持ちは山々だったけれど、男の舌の表面はざらついている。つるつるした舌の裏側を使って、縦一本筋を丁寧に舐めてやる。

「あああーっ！」

夕希が甲高い声をあげた。喉を突きだしてのけぞり、巨乳をタプタプ揺れはずませている。

人生初のクンニの感想は、どんなものだろうか？　勇気を振り絞ってされることにして、よかったと思ってくれているか？

ねろねろっ、ねろねろっ、と舌の裏側で舐めていると、縦筋の奥から匂いたつ蜜があふれてきた。けっこうな量だったので、将騎の口のまわりはみるみる蜜にまみれていった。

舐めるのを一時中断して、口のまわりを拭った。ついでに、親指と人差し指を縦筋の両脇に添えた。そうっとひろげていくと、縁に白いものが見えた。これが処女膜だろうか？　処女膜は肉穴を完全に塞《ふさ》いでいるわけではなく、入口の縁にフリル状についているものらしい。

夕希の処女膜を見てしまったと思うと、全身の血が沸騰しそうなほど興奮した。これを拝めるのは、初体験の相手を務めた男の特権だ。夕希がもし、将騎と別れて次の恋人をもったとしても、彼には見ることができない。

興奮のままに舌の裏側でクリトリスを刺激しはじめた。包皮を被った上から軽く舐めただけだったが、

「ひいいーっ！」

夕希が悲鳴をあげて強く体をひねったので、将騎は驚いて彼女の股間から顔を離した。

「いっ、痛かった？」

「痛くは……ないですが……」

ハアハアと息をはずませながら、夕希は言った。

「感じすぎてしまう……というか……」

長い黒髪は乱れ、呆然とした表情をしている。瞳はいやらしいくらいに潤みきって、眼の焦点が合っていない。

「ってゆーか、将騎くん、本当に初めてなの？　すごく慣れてない？」

「いやいや……」

将騎は冷や汗を流しながら首を横に振った。

「本当に初めてだよ。清らかな童貞さ……」

中身はともかく、体は間違いなくそうである。

「とにかく、クンニはここまでにしよう」

処女膜まで見ることができたのだから、成果は充分にあった。

将騎はあらためて夕希の両脚の間に腰をすべりこませた。彼女はすでに、大量の蜜を漏らしていた。垂れ流れたそれがアヌスまで濡らしているくらいだから、結合しても問題ないだろう。

「入れてもいい？」

夕希は眼を泳がせた。覚悟を決めるように何度か深呼吸してから、コクンと小さくうなずいた。

将騎は勃起しきったペニスを握りしめ、切っ先を濡れた花園にあてがった。夕希は息をとめてこちらを見ている。将騎も見つめ返しながら、彼女の首の後ろに右手をまわし、肩を抱いた。

「いくよ……」

「……はい」

眼を見てうなずきあい、そのまま将騎は腰を前に送りだした。

入らなかった。なるべくやさしく挿入してやろうと思っていたが、そんなことを言っていてはとても突破できないほど、処女の関門は堅固らしい。

大きく息を吸いこみ、思いきり突きあげた。股間を貫くイメージで、容赦なく穿った――つもりだったが、まだ入らない。入口がヌルヌルに濡れているせいか、先端がすべってしまう。

夕希を見た。不安に顔をこわばりきらせていた。しかし、処女を捨てたいというのは彼女の意志だ。変に手心を加えるより、痛い思いは一度ですませてやったほうがいい。

先端がすべらないように、左手でペニスを握りしめた。右手では夕希の肩を抱いている。腰を前に出すと同時に、夕希の肩をこちら側に引き寄せた。ずぶっ、と先端が埋まった。そのまま入っていった。きつい肉穴をむりむりとこじ開けるようにして……。

夕希は息をとめて唇を嚙みしめている。破瓜の痛みをこらえている。泣いたり叫んだりしない、とあらかじめ決めていたのかもしれない。

将騎は心の中で夕希に詫びながら、ペニスを根元まで埋めこんでいった。奪った、というたしかな実感が訪れた。

夕希はもう、処女ではない。眼に涙を溜め、それでも唇を嚙みしめて痛みをこらえている夕希に、キスをした。夕希の唇は震えていた。

可哀相だが、これで終わりではなかった。将騎は心を鬼にして、処女のキツキツの肉穴に、ピストン運動を送りこんでいった。

第五章　夏の思い出

1

三カ月が過ぎた。

将騎と夕希が最初に遊園地でデートしたのが初夏で、梅雨の時期に初めて体を重ね、いまは夏の盛りである。

来週から世間はお盆休みだった。大学が夏休みに入っても、ふたりとも〈アメリカンバーガー〉でアルバイトをしていたのだが、夕希は二週間ほど帰省するらしいから、しばらく会えなくなる。

できることなら、夕希の生まれ育った旭川まで将騎もついていきたいくらいだった。さすがに言いだせなかった。ストーカーじみていると嫌われてしまったら、せっかくのいい関係が台無しになる。

将騎自身はリアル大学生のときもほとんど帰省なんてしなかったし、今回も東京に残ることにしていた。涼子の誘惑に気をつけながら、バイトに励まなければならなかった。

　自分は女に対して見栄を張るタイプではないと思っていたが、夕希が相手だとデート費用をすべて払わなくては気がすまなかった。おまけに帰省前の最後のデートとして海辺のホテルで一泊することにしたから、ついに学生ローンで借金までしてしまった。

　このところ、夕希と一緒に街を歩いていると、どこに行っても視線を感じてしようがない。ずいぶんいい女を連れているじゃないか、という同性からの嫉妬の視線だ。

　将騎の眼から見ても、この三カ月で夕希はずいぶんと雰囲気が変わった。清楚な美しさはそのままに、女らしさを隠しきれなくなった。もっと端的に、色っぽくなったと言ってもいい。

　髪型を変えたわけではないし、メイクだって薄いままで、巨乳にしてもいまだにさらしを巻いている。にもかかわらず、水のしたたるような色香を感じずにはいられないのは、やはり恋をしているからだろう。好きな男に、毎日のように抱かれているからだ。

将騎と夕希はお互いの部屋を行き来し、週に五日は同じベッドで寝ていた。将騎がセックスをしたがるというより、夕希のほうが一緒にいないと淋しがる。それもまた、恋をしているせいに違いない。

「あっ、海が見えます！」

海岸に続く坂道の上で、夕希が声を跳ねあげた。東京から電車とバスを乗り継いで、三浦《みうら》半島の先端付近までやってきていた。夏の盛りの潮風が、恋人たちに吹きつける。

「海が見えたくらいで大げさだな」

将騎が苦笑すると、

「わたし内陸の雪国出身だから、海を見ると感激しちゃうんですぅ」

夕希は鼻に皺を寄せて悪戯っぽく笑った。女優が被るようなつばの広い帽子を被り、白いワンピースを着ていた。まぶしい太陽が彼女を照らすと、ボディラインが透けて見えた。将騎の視線は海よりも、夕希にずっと釘づけだ。

ホテルは海を見下ろせる高台にある、南欧ふうのプチホテルだ。夕食にフランス料理のフルコースがついているから、大学生が泊まるにしてはいささか贅沢なところである。

それでも、学生ローンに借金をしたのを後悔することはないだろう。夕希と美しい思い出をつくるためなら、お金なんてどれだけ出してもかまわない。

夕希と付き合うようになって変わったのは、彼女ひとりではなかった。将騎にも心境の変化があった。

ふたりでいる一瞬一瞬がとても奇跡的で、貴重なことのように思われた。遠くから眺めていたときより、好意の熱量がどんどんあがっていった。気恥ずかしいのでまだ口に出して言ったことはないが、愛している、と心から思っていた。そういう相手といる時間を大切にできなくて、他に大切にするものがあるのかと思う。

不思議なことに、夕希と付き合い出してから、彼女と一緒にいない時間まで大切にするようになった。現実の世界では大学の講義なんて可能な限りサボり倒し、自堕落《じだらく》かつ刹那的《せつなてき》に生きていたのに、真面目に勉強までするようになったのだから、自分でも笑ってしまう。

「すごい素敵なホテル……」

部屋に入るなり、夕希は出窓を開けた。眼下は海岸だから、部屋の中に潮の香りが流れこんでくる。キューティクルでつやつやに輝いている長い黒髪が、潮風に流される。

「高かったんじゃないですか？　お金、わたしも出しますよ……」

「大丈夫、大丈夫」

将騎は笑った。

「余計な心配しないで、今日は目いっぱい楽しもうよ。帰省から戻ってきたら、もう夏も終わりだろうしさ。夏の思い出づくりに励もうじゃないか」

「将騎くんは、いつもやさしいですね」

夕希は幸せそうに笑った。

「それじゃあ、さっそく海に行きますか？」

「ああ」

「着替えてきます」

夕希はバッグを持ってバスルームに入ったが、すぐに飛びだしてきた。

「将騎くん、ちょっとちょっと……」

手招きされたので、将騎はバスルームをのぞきこんだ。床も壁も天井も、白一色で統一されている。

「すごくないですか？　お風呂からも海が見えるなんて……」

たしかに窓があり、青い海が見えた。窓からは、夏の陽光が燦々《さんさん》と降り注いでいた。浴槽自体も大人がふたり一緒に入れそうなビッグサイズで、ジャグジーがついている。

「こりゃいいね。海に行かなくても泳げそうじゃないか」

将騎はクロールの仕草をした。自分でこのホテルを選び、予約をしたので、そういう造りなのは知っていた。ついはしゃいでしまったのは、夕希があまりにも嬉しそうだったからだ。

水着に着替える夕希を残し、将騎は部屋に戻った。自分も服を脱ぎ、黒いサーフパンツを穿く。そわそわと落ち着かない。夕希がどんな水着をもってきたのか、まだ教えてもらっていない。

バスルームの扉が開き、髪をポニーテイルにまとめた夕希が出てきた。恥ずかしそうに背中を丸めている。水着は白のビキニだった。

「おかしくない？」

上目遣いで訊ねてきた。

「いや……素敵だよ……よく似合ってる……」

将騎は眼のやり場に困った。そういうデザインなのか、あるいはサイズを間違えたのか、その白いビキニはやけに小さく見えた。いくら水着でも、布の面積が小さすぎるような気がする。

三角形のトップスからは、たわわに実った白い乳肉がこぼれていた。乳首は見えなくても、乳房の輪郭がはっきりとわかる。わかりすぎる。

ヒップの布も小さくて、前もきわどいハイレグなら、後ろは尻肉がちょっとはみ出している。こんなもの、ちょっと動いただけで布が股間に食いこんでしまうのではないだろうか？　それどころか、海で泳いだりしたら脱げてしまいそうな気がする。

将騎は勃起してしまった。水着どころか、裸になっているところをもう何十回も拝んでいるのに、痛いくらいに硬くなった。

股間のふくらみを誤魔化すために、ソファに座って脚を組んだ。夕希が不思議そうに眼を丸くする。

「海、行かないんですか？」

「人がいるじゃないか」

「江《え》ノ島《しま》なんかに比べたら、空いているほうですよ」

「誰もいないわけじゃない」

「なに怒ってるんですか？」

クスクス笑いながら隣に腰をおろした。

「夕希の水着姿、他の男に見せたくないんだ」

夕希は、ははーん、という顔をした。将騎が勃起していることに気づいたからだった。

「この水着ね、デパートの店員さんが薦めてくれたんです……」

「むむっ……」

将騎は首に筋を浮かべた。サーフパンツの前にできたふくらみを、夕希にナデナデされたからだ。

「わたしは最初、チェックのやつを選んだんですよ。そうしたらその店員さん、三十歳くらいの綺麗な人だったけど、こっちのほうが絶対にモテるからって……女が好む水着と男が好む水着は違うとか力説されて……全然信じてなかったけど、さすがって感じ……」

ナデナデ、ナデナデ、とサーフパンツの前を撫でさする。

「将騎くんが海に行きたくないなら、行かなくてもいいですよ。この部屋からも海は見えるし、夜になって潮騒《しおさい》を聞きながら散歩してもいいし……」

「……ごめん」

将騎は気まずげに謝った。

「その水着を着ている夕希を、海には連れていけない」

「この子がおとなしくなったら、気分も変わるのかしら……」

夕希は腰紐をとき、サーフパンツをめくりおろしてきた。勃起しきったペニスに、白魚の指先がからみついてくる。すりすりとしごかれると、将騎はのけぞった。火を放たれたように顔面が熱くなっていく。

「ずっ、ずいぶんエッチな女になったもんだよな……」

将騎が悔しげに言うと、

「誰のせいですか？」

夕希はツンと澄ました顔で返してきた。

「それとも、エッチな女は嫌い？」

「すっ、好きですっ……」

将騎は上ずった声で言った。

「エッチな女がじゃなくて……夕希のことが……」

夕希は満足げに微笑んでから、小さな唇をOの字に開き、いきり勃っているペニスの先端をぱっくりと咥えこんだ。

2

処女の夕希は、本当に清らかだった。

奥手で、恐がりで、恥ずかしがり屋で、恥ずかしいのを誤魔化すためにすぐに怒って——セックスを経験すれば、そういうところがなくなってしまうと思っていたが、そんなことはなかった。

夕希はいまでも清らかだった。清らかなままに、男の水着を自分から脱がし、フェラチオすることができるようになった。

ソファに座っている将騎に対し、夕希は横向きで四つん這いになっている。ポニーテイルにしているので、ゆっくりと唇を上下に動かしてペニスをしゃぶっている横顔がよく見える。

最初はペニスにキスをするだけで何度も深呼吸して覚悟を決めたり、泣きそうな顔になっていたのに、いまでは口内で舌を動かす余裕もある。ネット情報で研究でもしているのか、唾液を大量に分泌させ、じゅるっ、じゅるるっ、と淫らな音をたてて吸いしゃぶることもできる。

気持ちもよかったが、それ以上に幸福感が胸いっぱいにあふれてくる。

思えばこの三カ月間、将騎は天国にいるような気分をずっと嚙みしめていた。憧れだった高嶺の花と恋人同士になれたのだから、舞い上がるなというほうが無理な相談だろう。

しかし……。

いまが幸福であればあるほど、不安に怯《おび》えなければならないのも事実だった。将騎はある日突然、三十五歳から二十一歳の自分に戻り、人生をやり直すことになった。ということは、またある日突然、三十五歳の自分に戻ってしまう可能性もあるわけで、それを考えると恐ろしくて夜も眠れない。

夕希と離れたくなかった。

自分の人生に望むことがひとつだけあるとすれば、彼女とこのままずっと一緒にいたいということをおいて他にはない。できれば結婚して、子供をつくり、お爺ちゃんとお婆ちゃんになっても手を繫いで歩いているような、死ぬまでラブラブな夫婦になりたい。

だが……。

それはきっと無理だ、ともうひとりの自分が言う。

本当のおまえは体目的でしか女を口説かないヤリチン野郎で、結婚して子供ができても浮気ばかりしている人間の屑《くず》じゃないか。そんなやつをいつまでも天国にいさせるほど、神様はやさしくないに決まっている。

「海なんてどうでもいいから……」

将騎は愛しさを伝えるように夕希の頭を撫でた。

「一日中部屋にこもって、エッチしてようか……」

夕希が口唇からペニスを抜き、恥ずかしそうに笑う。

「そういうこと言われるんじゃないかなあって、予感してました……言われたら断れないなあって……」

「いいのかい？　せっかくモテ水着を新調したのに……」

「将騎くんがいっぱい見てください……」

唾液にまみれたペニスをすりすりとしごいてくる。

「他の人にモテても、しかたがないし……」

将騎は胸が熱くなり、立ちあがった。サーフパンツを脱いで全裸になると、夕希の手を取ってバスルームに向かった。床も壁も天井も白で統一され、いかにもリゾートホテルのバスルームという雰囲気だ。

浴槽にお湯を張りはじめたが、なにしろ広いので時間がかかりそうだった。べつにかまわなかった。お湯に浸《つ》かる以外にも、バスルームでできることはいっぱいある。

夕希を抱きしめ、熱い口づけを交わした。いまのいままで自分のペニスを舐めていた口だが、汚いなんて微塵《みじん》も思わなかった。気持ちよくしてもらった感謝を込めて、むしろいつもより丁寧に舌をしゃぶってやる。舌の裏表や唇の裏側、歯や歯茎まで念入りに舐めまわす。

夕希はキスが好きだった。キスに時間をかければかけるほど、その後に燃えやすくなる。

将騎は情熱的なディープキスを続けながら、夕希の体をまさぐった。不思議なことに、白いビキニを着けた若いボディが、いつもより肉感的に感じられた。いくらでもまさぐっていられそうだったが、将騎の動きはとまった。夕希にペニスをつかまれ、しごかれたからだった。彼女はビキニを着けているが、こちらは全裸だ。

「ちょっ……まっ……今度はこっちにさせてくれよ……」

分《ぶ》が悪い……。

抱擁をとき、夕希の後ろにまわりこんだ。

「思う存分、海を堪能してくれたまえ、内陸の雪国の人」

海の見える窓の前にうながし、両手をつかせた。強化ガラスだから割れることはないだろう。そのまま尻を突きださせれば、立ちバックの格好になる。

もちろん、そんなにあわてて挿入するつもりはなかった。やろうとしているのは、立ちバック・クンニである。

「こっ、こんなところでエッチなことして、誰かに見られませんか？」

夕希が困惑顔で振り返る。

「目の前が海なのに、誰に見られるんだよ」

「ビーチに人がいるじゃないですか」

「角度的に見るのは無理だって」

窓になっているのは腰から上だけで、夕希の下半身は壁に隠れていた。万一、望遠鏡でのぞきをするような不届き者がいたとしても、夕希の恥ずかしい部分を見られる心配はない。

将騎は夕希の後ろにしゃがみこみ、尻の双丘を撫ではじめた。まずは白いビキニパンツの上から手のひらを這わせていたが、すぐに生身に触れたくなり、ビキニの中に両手を差しこんでいった。

ゆで卵のようにつるつるの尻肉を撫でまわし、弾力を味わうように指を食いこませていると、白いビキニパンツは自然とずりあがっていった。Tバックのように尻の桃割れに食いこんでいき、夕希は身をよじりはじめた。

「気持ちいい？」

「知りません」

尖った声で返してきたが、尻を引っこめようとはしなかった。むしろさらに突きだしてきたので、感じているのはあきらかだった。後ろにしゃがんでいるので顔は見えないが、きっと眼の下をピンク色に染めている。

ビキニパンツの後ろを真ん中に掻き寄せ、尻の桃割れにぎゅっと食いこませてやると、

「あああっ……」

夕希は両膝をガクガクさせながら、腰をくねらせた。将騎は、クイッ、クイッ、とリズムをつけてビキニパンツを引っぱった。Tバック状になった白いビキニパンツから、尻の双丘がはみ出している。何度見ても綺麗だった。美しい尻の条件は、尻丘と太腿にしっかりと境界線があることだ。

夕希にはある。特別なトレーニングをしているからではなく、生来、丸々とし

た形のいいヒップをしているのだ。

クイッ、クイッ、とビキニパンツを引っぱりながら、境界線に舌を這わせた。そのまま丸い隆起も舐めまわし、唾液で濡れ光らせていく。

「ううう……くぅぅうっ……あああっ……」

夕希はすっかりスイッチが入ったようで、身をよじる動きがとまらなくなっていた。さらに感じさせてやるために、桃割れに食いこんでいるビキニパンツを指でなぞりはじめた。

水着は下着より生地が厚いが、今日はいつもと違う特別なシチュエーションである。大好きな海を眺めながら性感帯を刺激されるのは、どんな気分だろう？

「あああっ……はぁあああっ……はぁあああっ……」

夕希はすでに声をこらえきれなくなっていた。彼女には褒めるところがたくさんある。ありすぎて困るくらいだが、あえぎ声の可愛らしさもかなりのものだった。か細く、甲高く、小刻みに震えている。いまはまだ羞恥の含有量が多めだが、やがて羞じらうことができないくらい乱れだす。その瞬間を目指して、だが決して焦らずに、ねちっこく愛撫を続ける。

ビキニパンツをめくりさげた。太腿までずりおろした状態で、白く真ん丸い尻丘を両手でつかみ、桃割れをひろげていく。

まず眼に飛びこんでくるのは、薄紅色のアヌスだ。初めて明るいところで見たときはびっくりした。尻の穴までこんなに綺麗なんて、いったいどこまで隙のないボディなのだろうと感動さえしてしまった。

ペロッ、と舐めてやると、

「そっ、そこは……」

夕希は泣きそうな顔で振り返った。

「舐めないで……ほしい……」

将騎はきっぱりと無視し、白いビキニパンツを脚から抜いた。

夕希のアヌスを舐めるのは、初めてではなかった。彼女のそこは美しいだけではなく、性感帯でもあるようだった。泣きそうな顔で羞じらっているのは、排泄器官の味や匂いを知られてしまうからではない。排泄器官を舐められて、感じてしまうことが恥ずかしいのだ。

といっても、アヌス単独への愛撫では、くすぐったがるばかりで感じてくれない。ペロペロ、ペロッ、ペロペロッ、と舌先で舐めながら、女の割れ目も指でなぞってやる。最初こそ中指に唾液をまとわせたが、すぐにそんな必要はないくらい、新鮮な蜜があふれだしてくる。

「ねっ、ねえ、将騎くんっ……お尻はっ……お尻は舐めないでほしいっ……」

「遠慮することないだろ。いつも舐めてるし。ここには誰もいないし」

さりげなく、眼下のビーチには人がいることを意識させる。裸の下半身を見られることがなくても、感じている顔は見られるかもしれない。清らかな美貌が、尻の穴を舐められて真っ赤になったり、淫らに歪んでいるところを……。

「やっ、やめてくれないと、泣きますよっ……いいの、将騎くん？　わたし、泣いちゃうよっ……あおおっ！」

割れ目に中指を入れてやると、夕希は言葉が継げなくなった。彼女の中はよく濡れていた。トロトロに煮込んだシチューのように、ヌメッた肉ひだが指にからみついてきた。

将騎は指をまっすぐに伸ばしたまま、中指を出し入れした。ゆっくりやるつもりでも、滑りがいいから自然とピッチがあがっていく。

そうしつつ、左手の中指ではクリトリスを刺激し、アヌスはもちろん舐めつづけている。舌先を尖らせ、すぼまった細かい皺をなぞるように……。

「ダッ、ダメッ……ダメですっ……」

性感帯の三点同時攻撃に、夕希は我を失いそうになった。ガクガクッ、ガクガクッ、と両膝を震わせては、しきりに腰をひねる。いやいやをしているように見えて、両足の立ち幅を開いていっているのは、女の本能だろうか？　まるでもっと刺激してとねだっているようだ。

「あううううーっ！　あおおおおおーっ！」

肉穴に入れた指を鉤状《かぎじょう》に折り曲げてやると、夕希は獣じみた悲鳴をあげた。バスルームは狭くないのに、淫らな声がわんわんと反響している。

折り曲げた中指が刺激しているのは、Gスポットだった。それは恥丘を挟んだクリトリスの反対側にあり、同時にクリトリスも刺激すれば、夕希はポニーテイルにまとめた髪を跳ねさせて、あえぎにあえぐことになる。

3

愛撫を中断しても、夕希は強化ガラスに両手をついたまま、しばらく顔をあげられなかった。ハアハアと肩で息をしている。呼吸がなかなか整わない。

「……ひっ、ひどいです」

ようやく顔をあげると、恨めしげに睨んできた。

「今日の将騎くん、なんだかとっても意地悪……言っておきますけど、わたし、Mでもなんでもないですからね……」

「そういうつもりじゃないよ……」

将騎は夕希を抱き寄せた。まだハアハアと息をはずませているので、やさしく背中をさすってやる。

「ただ、夕希に気持ちよくなってほしいだけなんだ……恥ずかしいことをしてほしくないなら、そうするけど……」

夕希は眼を泳がせた。女心は複雑だ。やさしく扱われたくもあるが、特別なシチュエーションのときは特別な刺激もほしい。

「べつに好きにしていいですけど……なんだかんだいって、将騎くん、結局はやさしいし……大切にされてるなって実感があるし……お尻の穴を舐められたくらいで、怒ったりするの馬鹿みたい……」

夕希の歯切れが悪いのには、理由があった。アヌスを舐められたことに対しては、おそらくこれっぽっちも怒っていない。最後のほうは思いきり舌を差しこんでしまったが、それだってぎりぎり許容範囲だろう。

夕希が拗《す》ねた顔でもごもご言っているのは、イカせてもらえなかったからなのである。

性感帯三点同時攻撃の効果は抜群で、夕希は立ったままオルガスムスに達しそうになった。爪先立ちになって、すべてが剝きだしの下半身をいやらしいくらいにくねらせた。

しかし、将騎が途中でやめた。イク寸前に指を抜いた。いつもならイカせてやるのに、唐突に刺激をとりあげたから、機嫌が悪いのだ。

まだ拗ねた顔をしている夕希に、キスをした。熱く燃えている頰を手のひらで包み、丁寧に舌を吸ってやると、少しだけ機嫌が直ってくる。

「浴槽にお湯が溜まったから、愛撫を中断しただけさ。せっかくだから一緒にジャグジーに入ろうよ」

「……いいですけどね」

夕希の手を取り、湯船に入っていく。夕希は白いビキニのトップスだけを着けていた。三角形の白い生地から乳肉がはみ出している様子もいやらしいし、なにより下半身裸なのがエロティックだった。しばらくこのままの格好でいてもらおう……。

体勢は、バックハグだった。将騎が後ろから夕希を抱きしめる格好で、お湯に浸かった。

後ろから双乳をすくいあげ、巨乳をタプタプと揺すっても、太腿をお湯の中で撫でまわしても、夕希の反応は薄かった。要するに、まだ完全に機嫌が直っていなかった。前に一度だけ一緒にラブホテルに行ったことがあるが、そのときは一緒に風呂に入ってキャッキャとはしゃいでいたのに……。

将騎は気にしないようにした。

夕希の機嫌をとることはそれほど難しくなかったが、今日は彼女の機嫌を損ねてでも、達成したい目標があったからだ。

中イキである。

この三カ月間で、夕希はずいぶんとセックスに慣れた。もう初心者とは言えない領域にまで足を踏み入れているし、清らかな顔に似合わず貪欲《どんよく》に快感を求めるところがある。

だが、そうなると今度は、さらなる刺激が欲しくなるのがセックスの奥深さだった。

最初のうちは「こうしてるだけで気持ちいいの」と、裸で抱きあっているだけで満足そうな顔をしていたのに、指や舌でイカされることを覚えると、それを期待してくるようになった。

もちろん、夕希は恥ずかしがり屋だから、あからさまに求めてくることはない。それでも、将騎には伝わってきた。蛹《さなぎ》が蝶に孵《かえ》るように、性に目覚めていく彼女の側にいられることが嬉しかった。男冥利《おとこみょうり》に尽きると思った。

しかし、あるとき——ほんの二、三日前のことだが、彼女がポツリとこう言ったのだ。

「中イキって、気持ちいいのかなあ……」

ひとり言のような感じだったので、将騎は聞き流したが、内心ではかなり驚いていた。彼女は、結合状態でオルガスムスに達しないことに、コンプレックスを抱いているようだった。三カ月前まで処女だったくせに、中イキまで求めるなんて、いくらなんでも性急すぎやしないか……。

そもそも、中イキなんて言葉をどこで覚えたのか疑問だった。清らかな彼女が、ネットのエロサイトをむさぼり読んでいるところなんて、想像したくなかった。

自分が悪いのだ、と思った。

恋人である将騎がしっかり満足させてやらないから、夕希の心は不安に揺れ、中イキしないことに疑問をもったりするのである。

だが、結合状態で濃厚なオルガスムスを求めるなら、いままでのようにやさしいセックスではダメだと思った。将騎は夕希に嫌われたくないので、かなり手心を加えたやり方しかしてこなかった。なにしろ相手は高嶺の花、処女を失ったころの彼女のように、裸で身を寄せあっていたり、イチャイチャしているだけでも、充分に満たされるものがあった。

しかし、時に強引になにかをされることで、目の前に拓《ひら》ける景色もある。恥ずかしさや嫌悪感を乗り越えた先に、宝の山を発見するのがセックスの醍醐味と言っていい。

となれば、今日は甘い顔はできなかった。意地悪をしたり、辱めるようなことをしたりしてでも、夕希の殻をいくつも破ってやる必要がある。泣かせてしまうかもしれないと思うと、胸が痛んでしかたがなかったが、すべては中イキのためである。

先ほどの立ちバック・クンニでイカせなかったのも、そのための布石だった。今日は指や舌ではイカせない。ペニスが欲しくて正気を失いそうになるまで、徹底的に焦らしてやる。

「さっきの続き、してもいい？」

耳元でささやいた。長い黒髪をポニーテイルにまとめているので、うなじが見えていた。甘い汗の匂いがした。

「……クンニですか？」

夕希が横眼でじっとりと見つめてくる。将騎はうなずいた。

「……お湯に潜って舐めるの？」

「まさか」

将騎は苦笑した。

「夕希が腰を浮かせれば舐められる」

「……どうやって？」

「こっち向いて」

お湯の中で夕希の体を反転させ、向きあう格好になった。

「これで両足を浴槽の縁につければ、ちょうどいい感じになるよ」

夕希の顔がこわばった。

浴槽の縁に両足をつけば、M字開脚の格好でお湯の中に落ちないように踏ん張らなければならない。数あるクンニの体勢の中でも、とびきりいやらしく、女の羞恥心を揺さぶるものだ。

夕希はバスルームを見渡した。窓から夏の陽光が燦々と入ってきているので、かなり明るい。壁も床も天井も真っ白なので、まぶしいくらいと言っていい。

「さすがに恥ずかしいです」

「俺はいま、ものすごくクンニしたい」

「えっ……」

「恥ずかしいかもしれないけど、夏の思い出づくりだと思って、ちょっと我慢してよ」

「思い出づくりって……恥ずかしい思い出じゃないですか……黒歴史ですよ……」

「気持ちがいいから黒歴史にはならないさ」

「そんなことまでさせるなら、お嫁にもらってくださいよ……わたしもう、他の人のお嫁さんになんてなれませんから……」

「はい、はい」

「なんなんですか、その軽い返事……ああっ、もうやだっ……」

言いつつも、夕希は渋々片足を浴槽の縁にのせた。クンニをされたいという欲望に負けたようだが、思った以上に大胆な格好になると気づいたのだろう。夕希はなんとか、もう片方の足も浴槽の縁にのせたものの、お湯から腰をあげられないで固まってしまった。

それもそのはず、これはソープランドで潜望鏡と呼ばれるプレイの応用だった。ソープでは、男が腰を浮かせてペニスを水面から出す。その状態で、たっぷりとフェラをしてもらう。

ヤリチンを自認する将騎だが、高給取りでもなんでもないしがないサラリーマンなので、ソープランドには一回しか行ったことがない。値段は高いし、女を落とすスリルはないし、つまらないところだと思ったが、ソープ嬢のテクニックには感嘆させられた。

そのときのことを思いだして、夕希のヒップを下から支え持った。夕希が動けなくても、ぐっと持ちあげれば女の花が水面から顔を出す。ただでさえ軽い夕希の体が、お湯の中だとなおさら軽い。

「ええっ？　ええっ？」

夕希は戸惑いきっている。両手を後ろについているので、剝きだしになった恥部を隠すこともできない。

将騎は割れ目に顔を近づけていった。いったんお湯に浸かってしまったので、花の匂いが薄くなっているのが残念だった。しかし、すぐにまた、いやらしい匂いを振りまくようになるだろう。

尖らせた舌先で、ピンクの花びらの合わせ目をなぞった。ツツーッ、ツツーッ、と下から上になぞりあげては、上端を舌の裏側でねろねろと舐める。

敏感な肉芽はまだ包皮を被った状態だが、夕希の顔はみるみる真っ赤に染まっていった。拗ねてみせても、羞じらってみせても、体には火がついている。イキたくてイキたくてしかたがないに違いない。

「いっ、いやっ……こんなのいやですっ！」

羞じらいに首を振っても、感じていることは隠しきれなかった。ツツーッ、ツツーッ、と合わせ目を舌先でなぞるほどに、ピンク色の花びらの奥から、匂いたつ蜜があふれてくる。

葛藤が伝わってきた。夕希の胸の中では、羞恥と欲望がぶつかりあい、火花を散らしている。優勢なのは欲望だ。ぶるぶるっ、ぶるぶるっ、と内腿を波打たせては、喉を突きだしてのけぞる。泣きそうなくらい恥ずかしくても、恥じらう気持ちを欲望が蕩けさせていく。

「もっ、もうやめてっ……許して将騎くんっ！」

涙声で哀願しても、体は舌の動きの虜《とりこ》になっている。将騎がヒップを支え持っていた両手を離しても、夕希の腰は宙に浮いたままだ。

将騎は、空いた両手を伸ばして、白い三角ビキニに飾られた双乳をつかんだ。ビキニごと揉みくちゃにしては、指先をビキニの下にすべりこませていく。尖りかけた乳首をつまみ、指の間で押しつぶす。

「ああっ、いやあっ……いやいやいやあああっ……」

夕希の乳首は感じやすい。単独であればそれほどでもないが、クンニと合わせ技で刺激すると、涙を流してよがり泣く。

「ダッ、ダメッ……」

夕希は羞恥と諦観にまみれた声をもらすと、強引に太腿を閉じて、将騎の顔をぎゅーっと挟んできた。抵抗の素振りというより、喜悦を噛みしめていることがはっきりと伝わってきた。

将騎は情熱的に口と唇と舌を使った。処女のときは慎重に扱っていたが、夕希の体はもう、それほどやわではない。お湯に浸かって温かくなっている花びらを口に含んでしゃぶりまわすと、ひいひいと声を絞る。薔薇《ばら》のつぼみのように渦を巻いている肉穴には、舌を差しこんで裏側から舐めまわしてやる。

「ああぁっ……あああぁっ……」

眉根を寄せてこちらを見てくる夕希の頬は生々しいピンク色に染まりきり、瞳はいやらしいくらい潤んでいた。汗もすごい。清楚な美貌に玉の汗がびっしりと浮かび、いやらしすぎることになっている。

絶頂が近そうだった。

夕希は息をとめて身構え、内腿だけを小刻みに震わせている。

将騎は乳首をいじるのをやめて、女の花からも口を離した。

「どっ、どうしてっ……」

夕希が呆然とした顔をする。もっと舐めて、と顔に書いてある。将騎はもう愛撫していないのに、身をよじるのはやめられない。彼女の体は、絶頂欲しさに悲鳴をあげている。

「この体勢は恥ずかしいから、やめてほしいんだろう?」

将騎は冷ややかに言い放った。

夕希は呆然とした表情のまま絶句した。イキたくてイキたくてたまらなくても、恥ずかしがり屋の夕希はおねだりの言葉を口にできない。拗ねたり怒ったり、あるいは甘えてくることはできても、欲しいものを欲しいとはっきり口にすることだけはできないのである。

4

寝室に移動した。

白いビキニのトップスはバスルームに置いてきたので、お互いに全裸だった。再び寸止めされた夕希が、どういう態度に出るのかはわからなかった。一度目は拗ねていたので、今度は本気で怒りだすかもしれないと身構えていたけれど、真逆の反応だったので将騎は内心でニンマリした。

「こんなにカチカチなのに、苦しくないんですか？」

上目遣いで身を寄せてくると、甘ったるい声で言い、反り返ったペニスにそっと指をからめた。

「前に言ってましたよね？　男はこうなっちゃうと、とっても苦しいって」

たしかに言った。最初の処女攻略が失敗したとき、あまりにも苦しいから、将騎は恥を忍んで夕希の前でオナニーした。

あのころは、精力あふれる若いペニスの扱いに戸惑っていた。しかし、このところ耐性がついてきたというか、夕希と何度も体を重ねたことで、ありあまる精力をコントロールできるようになっていた。三十五歳の知識や経験があり、二十一歳の精力を手に入れたのだから、ある意味、最強みたいなものである。

だから、

「舐めてあげるね……」

と夕希が足元にしゃがみこみ、ペニスをしゃぶりはじめても、余裕綽々《しゃくしゃく》で仁王立ちフェラを楽しんだ。

ペニスを咥えたまま上目遣いでこちらを見る夕希からは、「こんなに舐めてあげてるんだから、もう我慢できないでしょう?」という心の声が聞こえてくるようだった。「入れたいんでしょう? 出したいんでしょう? 我慢しないで、いっぱい出していいんだから……」。

しかしもちろん、我慢できなくなっているのは夕希のほうであり、本音は自分がイキたくてしようがないのである。将騎の欲望に火をつけて、むしゃぶりついてきてほしいのだ。もしかすると、いまなら中イキできそうだという、予感のようなものがあるのかもしれない。

将騎からは丸見えの思惑を隠せているつもりで、夕希はペニスを情熱的にしゃぶってきた。舌先でチロチロと裏筋をくすぐったり、アイスキャンディーを舐めるように竿を横から舐めたり、自分の知っている性技を尽くして奉仕してくる。いつになく深く咥えこんでは、涙ぐんでいる姿が健気《けなげ》である。

健気な女が嫌いな男はいないので、いますぐ押し倒して勃起しきったペニスで貫きたかった。

二回も焦らした甲斐があり、夕希はいままで見たことがないほど欲情している。ペニスをしゃぶりながらしきりに太腿をこすりあわせているのは、股間が疼いてしようがないからだろう。

このまま貫いても中イキさせることができるような気もしたが、念には念を入れることにした。夏の思い出をつくりたいのは、将騎の希望でもあるが、なにより夕希のためなのだ。「あの夏初めて中イキした」という秘めやかな思い出を、今日はどうしてもプレゼントしてやりたい。

「ベッドに行こうか……」

将騎が声をかけると、夕希は欲情に濡れた瞳を輝かせたが、喜ぶのはまだ早かった。勃起しきったペニスで貫くのは、もう少し先である。

将騎の中には、ふたつの選択肢があった。

シックスナインとマングり返し──どちらも女体を焦らすには最適だ。夕希は普段、恥ずかしがって絶対にやりたがらないが、欲情しきったいまの状況なら、拒否することはないだろう。

時間をかけてじっくりと、お互いの性器を舐めあうか。それとも、身も蓋もない格好で、夕希ひとりだけをよがり泣かせるか……。

将騎は後者を選択した。

シックスナインも捨てがたいが、顔が見えなくなるのがつらい。夕希のよがる顔は、永遠に眺めていたくなるほど魅力に満ちている。マングり返しなら、恥ずかしがっている表情と、羞じらいが欲望に敗北していくところをつぶさに拝める。しかも、顔と同時に股間まで……。

さらに言えば、マングり返しにはクンニをしながら乳房も刺激できるという利点もあった。夕希はクンニをされながら乳首をいじられるのが大好きだ。恥ずかしがり屋の彼女は自分からは決して求めないが、反応を見ていればそれはあきらかである。

「えっ……やっ、やだあーっ！」

裸身を丸めこまれた夕希は、驚いた声をあげた。いままでされたことがない大胆な格好に動揺し、唇を震わせている。

「なっ、なにをするんですか……やめてっ……」

「風呂場ではもっといやらしい格好だったよ……」

夕希の顔が赤く染まる。

「しかもイキそうになってた。あと十秒舐めてたらイッてたろう？」

「……言わないでください」

赤く染まった顔をそむける。

「これもきっと気持ちがいいから、ちょっとだけ恥ずかしいの我慢して……」

ふうっ、と息を吹きかけると、春の若草のような陰毛が揺れた。ピンク色の花びらが少しだけ口を開いて、肉ひだがびっしりとつまった奥のほうがチラリと見えていた。

バスルームも明るかったが、潮風が吹きこんでくる寝室も、負けず劣らず明るかった。ふたりは普段、薄暗いところでしかセックスをしない。するのはだいたい夜だし、夕希はかならず照明を消す。

しかし、海辺のホテルで夏のバカンスという特別なシチュエーションに、夕希も油断していたのだろう。まさかマンぐり返しで押さえこまれるとは思っていなかっただろうし、明るい中で性器をまじまじと眺められるとも……。

「可愛いよ……」

将騎は唇を尖らせ、割れ目にチュッとキスをした。

「俺、夕希のここが大好きだ……」

「どういう顔をしていいかわからないこと言わないでください……」

夕希の顔はまだ真っ赤に染まったままだったが、もう恥ずかしがってばかりではなかった。性器を褒められたことが嬉しいのかどうかはわからなかったが、そこにキスをされたことで期待に胸をふくらませている。中イキができそうな予感は、あくまで予感である。クンニなら確実にイケる。

将騎はクリトリスの包皮をめくり、ふうっと息を吹きかけた。真珠のように丸いクリトリスが、ぷるっと震えた。包皮を被せては剝き、剝いては被せてを繰り返していると、次第にいやらしく尖ってきた。

尖らせた舌先で、花びらの縁を舐めた。触れるか触れないかぎりぎりの刺激を与えつつ、執拗《しつよう》にクリトリスの包皮を剝き、剝いては被せる。

「ううう っ……」

夕希の顔は真っ赤に染まったまま歪んでいった。眉根を寄せて、唇を引き結んでいる。こんな微弱な刺激で声なんか出すものか、と思っているようだったが、火がついている体には、微弱な刺激のほうが効果的だ。

その証拠に、熱気と湿気を孕んだ強い匂いが、性器からむんむんと漂ってきた。処女のときとは違う匂いだ。女が発情しているときに振りまく、いやらしいフェロモンだ。

あふれだした新鮮な蜜をまぶすように、将騎は舌を動かした。ピンク色の花びらをめくり、奥をまさぐってやる。クリトリスには触れないように注意しつつ、両手を夕希の胸に伸ばしていく。

「んんんっ！」

左右の乳首をつまむと、苦しげな声がもれた。バスルームでも愛撫したので、すでに硬く尖っていた。突起の側面をやさしくくすぐった。微弱な刺激の波状攻撃に、宙に浮いている夕希の足指がぎゅっと丸まる。

将騎は満を持してクリトリスを刺激しはじめた。なめらかな舌の裏側で、まずは包皮を被せたまま舐めてやる。ねろねろろっ、ねろねろっ、と舌を動かせば、次第に包皮が剝けてくる。

「あああっ……はぁあああっ……」

処女喪失直後は敏感すぎたクリトリスも、すでに女の官能を司る性感帯の役目に目覚めていた。剝き身を舐めても大丈夫だし、むしろ剝き身を舐めてやったほうがイキやすい。

舌の裏側を使ったクンニリングスは、ヤリチン時代の必殺技だった。口を大きく開かないとできないから顎が痛くなるし、舌の裏には味蕾《みらい》がないので舐めているという実感にも乏しいけれど、女は極上の快楽を味わえるらしい。クンニが気持ちよすぎるからという理由でセフレになってくれた女も複数いる。他の男と比べてくれ、と夕希に言えないのが残念なくらいだ。

尻の軽いセフレが相手だと奉仕している気分が強いのに、夕希にはそんなことは思わなかった。できるだけ気持ちよくしてやりたい。夕希が悦《よろこ》んでくれるなら、どれだけ顎が痛もうが、舌の付け根が痺《しび》れようがかまわない。

蜜が大量にあふれてきたので、じゅるっと音をたてて啜った。おいしかった。夕希のものであれば、唾液も汗も蜜も、すべてがおいしい。愛があれば、股間から漏らしたものまでこんなにおいしいのか、と愛を知らずに生きてきた将騎は驚いてしまった。

「ううう っ……くぅううっ……」

夕希が手脚をジタバタさせはじめた。もうすぐイキそうだというサインだった。このままイカせてやれば、夕希はずいぶんとすっきりするだろう。

だが将騎は、クリトリスから舌を離した。大胆にさらけだされている内腿に唇を押しつけ、チューッと吸ってキスマークをつける。

夕希を見た。呆然とした表情でこちらを見ていた。途中でやめたのはこれで三度目だった。夕希も焦らされていることに気づいたらしい。

「……意地悪しないでぇ」

声が震えている。ありったけの勇気を振り絞っているのが伝わってくる。

「もっ、もっと舐めて……ください……」

とびきり恥ずかしがり屋の夕希にしてはよく言った、と褒めてやりたかった。少しだけご褒美を与えた。左右の乳首を一本指でいじりまわしながら、割れ目を舐めてやる。じゅるっと音をたてて蜜を啜る。夕希は悶えはじめたが、クリトリスには触れてやらない。このままではイケない……。

「将騎くんっ……将騎くんっ……」

夕希は熱でもあるようなぼうっとした顔で、すがるように見つめてきた。

「わっ、わたしもうっ……もうっ……」

将騎は言葉を返さなかった。

「もっ、もうイキそうだからっ……」

「だから？」

「……もっとそのっ……感じるところをっ……」

蚊の鳴くような声で言った。将騎は言葉を返さない。

「クッ、クリとか舐めてほしいっていうかっ……」

泣きそうになっている。

「おっ、お願いだからっ……もっ、もうイカせてっ……」

「イキたいのかい？」

「イキたい！」

即答だった。言った瞬間、眼尻からひと筋の涙を流した。夕希を覆っていた硬い殻が、パリンと割れた音が聞こえた気がした。

「イキたいのっ……イキたくてイキたくて、頭がおかしくなりそうなのっ……将騎くん、さっきからずっと焦らしてるよね？　これで焦らすの三回目だよね？　ひどくない？　わたし恥ずかしいのずっと我慢してるのに、どうしてイカせてくれないの？」

堰《せき》を切ったようにあふれだした夕希の本音を遮るように、将騎はマンぐり返しの体勢を崩し、彼女の両脚の間に腰をすべりこませていった。

5

そのまま正常位でひとつになるつもりはなかった。

将騎は夕希に上半身を覆い被せて抱きしめると、ゴロンと横に転がった。夕希を上にまたがらせる格好になった。

ふたりは正常位以外でセックスをしたことがあまりない。将騎としてはバックは顔が見えないからあまりやりたくないし、騎乗位は夕希がうまく動けないので盛りあがったためしがない。

しかし、いまなら状況は違うはずだ。

夕希は発情している。恥ずかしさを乗り越えておねだりの言葉を口にするほど、発情しきっている。

「自分で入れてごらん……」

将騎は言った。普段からスキンは使っていなかった。射精しそうになったら肉穴から抜き、右手でしごきながら、左手で吐きだしたものを受けとめる。夕希の清らかな体を穢すわけにはいかない。

夕希は恥ずかしそうに顔をそむけたまま、そっと腰を浮かせた。ペニスに手を添えた瞬間、息を呑んだ。

「なんか……ヌルヌルしてます……」

男の人も濡れるんですか？　というニュアンスで夕希が言った。我慢汁が噴きこぼれすぎて、竿までヌルヌルになっているようだった。夕希を焦らしていたということは、将騎もまた、欲望をこらえていたのだ。我慢汁がいつになく大量に噴きこぼれてしまうのは、当然のことだ。

夕希はキョロキョロと眼を動かしながら、ペニスの先端を自分の両脚の間に導いていった。腰を浮かせて性器と性器の角度を合わせている夕希の姿は、眩暈を誘うほどいやらしかった。これがまだ序の口だと思うと、胸が高鳴ってしかたがない。

夕希とセックスしていていちばん嬉しいのは、潤んだ瞳で何度も見つめてくれることだ。もちろん、将騎も熱っぽく見つめ返す。ヤリチン時代にセックスしながら女と見つめあったことなんてない。誰とやっても同じようなものなので、なんなら眼をつぶり、瞼の裏でお気に入りのＡＶを再生したりしていた。

しかし、夕希の顔からは眼が離せない。挿入するときから見つめあうし、その瞬間の祈るような彼女の表情が大好きだ。

なのにいまは、夕希は決してこちらを見ようとしなかった。眼をそむけたまま腰を落としてくる。彼女は恥ずかしがり屋だし、慣れないことをしているのだからしかたがない、と自分を慰める。

ずぶっ、と亀頭が埋まった。処女のときはキツキツだった肉穴も、慣れてくると結合感がソフトになった。締まりが弱まった代わりに、肉ひだが淫らに蠢いて、ペニスにからみついてきた。彼女が感じるほどに、いやらしいほど吸いついてきた。

「あああーっ！」

夕希が最後まで腰を落としきった。眼をつぶって全身を小刻みに震わせている。ふたつの胸のふくらみが、いちばんエロティックに震えている。

何度か深呼吸をしてから、動きだした。夕希はまだ騎乗位のコツをつかんでいないから、闇雲に上下に動く。スクワットをするような動きで、ピストン運動を真似ようとする。

そういうやり方も悪くはないが、いかにも不器用さ全開だった。いきなり上下に動くと、快楽が高まる前に彼女自身が疲れてしまう。

将騎は両手を夕希の腰に伸ばした。びっくりするほど細い腰をつかんで、動き方の補助をした。まずは股間を前後に動かすことを覚えたほうがいい。深く結合した状態で、ぐっ、ぐっ、と腰を手前に引き寄せてやる。

「えっ？　えええっ？」

夕希は戸惑っている。そわそわと眼を動かし、いまにも泣きだしそうな顔ですがるように見つめてくる。騎乗位で腰を前後させる動きはいかにもいやらしく、慣れない女にとっては赤面ものなのだろう。

ぐっ、ぐっ、ぐっ、ぐっ……将騎は一定のピッチで、夕希の腰を引き寄せつづけた。気持ちがいいところにあたっているのだろう。次第に清楚な美貌が歪んでくる。眉根を寄せたセクシーな表情になり、眼の下を生々しいピンク色に染めていく。

感じているようだった。腰を引き寄せるピッチは、普通よりずいぶんとゆっくりだった。やがて、ずちゅっ、ぐちゅっ、と肉ずれ音がたちはじめた。夕希に羞じらう隙を与えないように、将騎はピッチをあげた。

「ああっ、いやっ……いやあああっ……」

夕希が激しく首を振った。ポニーテイルにしていなければ、長い黒髪がざんばらに乱れていたことだろう。清楚な美貌と乱れ髪の組みあわせも興奮するが、よがり顔をつぶさにうかがえるポニーテイルも素敵である。

「あああっ……はぁあああっ……はぁあああーっ！」

可愛らしいあえぎ声が、一秒ごとにいやらしくなっていく。いつもより声が大きい。ここがホテルである安心感もあるかもしれない。乱れた声を、隣人に聞かれる心配がない。

将騎はもう、夕希の腰を引き寄せていなかった。触れてはいるが、力は込めていない。夕希が勝手に動いている。

いよいよ本能を覚醒させたらしい。クイッ、クイッ、と股間をしゃくるように腰を振り、嬌声と肉ずれ音を撒き散らす。腰の動きは淫らになっていくばかりだが、感じすぎて羞じらうこともできない。

「あっ、あのうっ……あのうっ……」

不意に焦った声をあげた。生々しいピンク色に染まった顔が、ひどく切羽《せっぱ》つまっている。

「わっ、わたし、変なんですけどっ……おっ、おかしくなっちゃいそうなんですけどっ……」

絶頂が迫っているらしい。

将騎は言葉を返す代わりに、腰をつかんでいた両手で双乳をすくいあげた。重量感のあるふくらみにやわやわと指を食いこませてから、左右の乳首を指でつまみ、軽くひねりあげてやる。

「はっ、はぁおおおおおおーっ！」

夕希が獣じみた悲鳴をあげる。ペニスを咥えこんだ状態で乳首を刺激されるのは、彼女がもっとも感じるやり方だ。

「いっ、いやっ……いやいやいやっ……イッ、イッちゃうっ……イッちゃいますっ……はぁああああああーっ！」

その日いちばん甲高い悲鳴をあげて、夕希は果てた。ガクンッ、ガクンッ、と腰を震わせると、ぎゅっと眼をつぶって、ぶるぶるっ、ぶるぶるっ、と裸身を震わせた。

やがて、糸の切れた操り人形のように、こちらに覆い被さってきた。いやらしいくらいに熱く火照った体を、将騎は受けとめた。

夕希はハアハアと息をはずませていた。生まれて初めて中イキを経験した顔を拝みたかったが、夕希に拒否された。こちらにしっかりとしがみつき、将騎の肩に顎を載せて、顔を見られないようにしている。

処女を失ったときより、恥ずかしがっているようだった。いやらしい女だと思われていないか、心配しているようである。

だが、これくらいで恥ずかしがっていたら、クライマックスまで辿りつけない。今日という今日は、とことんいやらしい女になってもらうので、覚悟していただきたい。

全力でしがみついてくる夕希に往生《おうじょう》しつつも、将騎はなんとか上体を起こした。そのまま夕希をあお向けで倒した。正常位の体勢だが、その前に楽しいアトラクションを用意してある。将騎は四つん這いの格好で後退り、しがみついてくる夕希の腕の中から抜けた。

ペニスも抜けてしまったが、それでいい。将騎は夕希の太腿をつかみ、あらためてM字に両脚を開いた。クリトリスは自力で包皮を剝ききって、美しい珊瑚色《さんごいろ》に輝いていた。見るからに敏感そうな肉芽《にくが》を、舌の裏側で舐めはじめた。

「ああっ、いやっ……あああああーっ！」

夕希が驚愕の悲鳴をあげる。挿入と挿入の間でクンニをされた経験が、夕希にはなかった。そもそも頻繁に体位を変えることがなく、最初から最後まで正常位ということが多いから、そういう展開になりづらかった。

しかし、将騎は決めていた。騎乗位から正常位に移行するとき、クンニを挟もうと最初から計画していた。騎乗位でイカせることができたなら、クンニでもイカせてやろうと……。

「ダッ、ダメよ、将騎くんっ！　感じすぎちゃうっ……感じすぎちゃうから、それはやめてえええーっ！」

将騎はもちろんやめなかった。

剝き身のクリトリスをねちねちと舐め転がしながら、右手の中指を肉穴に入れた。初めての中イキに達したばかりの蜜壺は、ひどく熱かった。肉ひだが淫らなまでに蠢いて、指にからみついてきた。濡れ方も尋常ではなく、ちょっと指を動かしただけでくちゅっと音がたつほどだった。

中で指を鉤状に折り曲げ、抜き差しを開始した。肉穴の上壁にあるざらついた凹地――Gスポットに指先を引っかけるようにして抜き差しすると、奥に溜まった蜜が大量に掻きだされてきた。

「ああっ、ダメッ……ダメようっ……」

夕希はのたうちまわっている。指をリズミカルに動かすと同時に、舌裏を使ったクリ舐めも継続中だ。

「ああっ、いやっ……まっ、将騎くんっ！　もっ、漏れそうっ……漏れちゃいそうだからっ……」

夕希は真っ赤な双頰を涙で濡れ光らせていた。快感に翻弄されながら、少女のように泣きじゃくっていた。

「もっ、漏れるっ……漏れるってばっ！　お願いだから、もう許してっ……許してっ……あああああーっ！」

次の瞬間、夕希の股間から飛沫《しぶき》が飛んだ。それほど量は多くなかったが、すさまじい勢いで飛んできたので、将騎は避けられずに顔に浴びた。

いや、たとえ避けられることができたとしても、そうはしなかっただろう。あの篠宮夕希の飛ばしたイキ潮を顔面に浴びるなんて、これほどの幸福があるだろうか。男として満足感を得られることが他にあるのか。

「……あふっ」

肉穴から指を抜くと、夕希は全身を脱力させた。長い手脚を大の字に投げだし、完全にグロッキー状態だった。

愛する女を大切にしたいなら、もうこのあたりで勘弁してやるべきだった。初めての中イキに加え、クンニでの追撃にも成功した。潮まで吹かせたのだから、成果は充分すぎるほどあったのだ。

しかし、将騎にとって夕希は、愛の対象であると同時に、欲望の対象でもあった。不思議なことに、夕希のことを大切にしたい、やさしくしてやりたいと思えば思うほど、快楽によって翻弄したくもなる。恥ずかしい目に遭わせてやりたくなる。死ぬほど恥ずかしい思いをさせながら、我を忘れるほどの快感で失神するほどイキまくらせてやりたい。

ひどい考えだろうか？

だが、それがたぶん、愛とセックスの本質だ。

愛を知らずに三十五年間生きてきた将騎は、そういった愛のダークな側面を知って驚いた。将騎にとって、夕希はただひとり心から愛した女だった。それゆえ、欲望も天井知らずに高まっていった。

ナンパして一夜を過ごしただけの女なら、これほど執着することはなかっただろう。セフレに潮を吹かせたことは何度もあるが、それは単なる好奇心であり、愛の発露でもなんでもない。その証拠に、イキ潮をかけられて激怒したことがある。夕希のイキ潮なら、顔にかけられてもうっとりしていたのに……。

「……もうおしまいですか？」

夕希が天井を見上げたまま言った。

「将騎くん、まだ射精してないでしょ」

挑むような口調だったので、将騎は内心で驚いていた。

「疲れただろうから、ちょっと休憩させてやってるんだぜ」

夕希はまだ、満足に呼吸も整っていない。

「気にしないで続きをしてください」

「まだイキ足りないのかよ？　貪欲だな」

冗談のつもりで言ったのだが、夕希は笑わなかった。羞じらうことさえなかった。

「正直、疲れてますけど……こんなの初めてっていうくらいイくたくたで、骨抜き状態ですけど……気を遣われて将騎くんが射精しないで終わったら……たぶんわたし、ものすごく傷つくと思います」

「どういうこと？　気を遣われて傷つくって……」

「わたしのこと好きだったら、メチャクチャにしてください。メチャクチャにできないくらいなら……その程度の愛情しかないから……最初っから好きとか言わないでほしい。女はそう思うんです……」

夕希は上体を起こし、ポニーテイルにとめていたゴムを取った。長い黒髪が白い肩に流れ落ち、いつもの彼女の姿になる。いや、いつもの彼女より、何十倍も女らしく、匂いたつような色香がある。

将騎は目頭を押さえて、太い息を吐きだした。同じことを考えていたのか、と涙が出そうになった。

セックスは愛の確認作業だが、ただ性器を繋げただけでは愛なんて確認できない。求めあわなければならない。求め方は激しければ激しいほどいい。そうしてこそ、愛情の深さや強さが確認できる。

将騎は夕希をあお向けに倒し、両脚の間に腰をすべりこませた。上体を覆い被せ、息のかかる距離で見つめあう。お互いの心臓が高鳴る音が、重なっていくのを感じる。

キスをした。立てつづけに二度も絶頂に達した彼女の口の中は、大量の唾液を分泌し、しかもそれがひどく熱かった。

音をたてて舌をしゃぶりあいながら、将騎は結合の準備を整えた。性器と性器の角度を合わせ、先端を入口にぴったりと密着させる。

沼に亀頭をあてがっているようだった。愛に煮えたぎる熱い沼だ。

ゆっくりと入っていった。ミリ単位で結合を深めるほど、慎重にペニスを操った。一気に奥まで入ってしまうのがもったいなかった。夕希といる時間はいつだってとても貴重に思え、過ぎ去っていくことが悲しくてしようがない。できることなら、時間をとめてしまいたい。

挿入は超スローでも、将騎は頻繁に顔を動かしていた。キスをしながら挿入を開始したが、キスだけでは満足できなかった。長い黒髪に顔をうずめ、胸いっぱいに匂いを嗅いだ。耳に熱い吐息を吹きかけ、耳殻《じかく》を舌先で丁寧になぞる。首筋や胸元にキスの雨を降らせては、いよいよ乳房を揉みしだく。片手ではとてもつかめない大きなふくらみに指を食いこませ、隆起の頂点に咲いたピンク色の花をやさしく吸ってやる。

「くぅんんっ……んんんんっ……」

夕希が鼻にかかった声をもらした。ペニスはすでに半分ほど入っていた。将騎は奥まで届かせず、ハーフ結合をキープしたまま、小刻みに出し入れした。そうしつつ左右の乳首を吸ってやれば、夕希は身をよじりだす。

「あぁっ、いいっ……気持ちいいっ……」

反応がいつもより色っぽかった。中イキを知ったせいなのか、体の動かし方も、こちらを見つめてくる眼つきも、いつもより淫らな感じがする。清らかさと淫らさが共存している。

将騎は我慢できなくなり、いちばん奥まで入っていった。ずぶずぶと根元まで埋めこんでも、すぐに動かすような野暮はしない。まずは動かずに、左右の乳首を責めつづける。吸ったり舐めたりするだけではなく、甘噛みまでして尖りきらせていく。

「将騎くんって……」

ハアハアと息をはずませながら、夕希が言った。

「わたしより、わたしの体をよく知ってますね？」

「そうかな……」

嬉しさのあまり、将騎はつい口をすべらせた。

「夕希のこと、昔から知っているからかも……ずっとずっと昔から……」

「……どういうこと？」

夕希が不思議そうな顔をしたので、

「いや、なんでもない……」

将騎は笑って誤魔化した。

夕希が恥ずかしそうな上目遣いで見つめてきた。

「軽蔑しないでくださいね？」

「んっ？」

「わたし、またイッちゃうかもしれない……将騎くんがうまいから……」

「あと十回くらいイッちゃうかもしれないぜ」

「死んじゃいます」

眼を見合わせて笑った。和やかな空気が流れたのは、けれどもほんの一瞬のことだった。

将騎が腰を動かしはじめると、夕希はきゅっと眉根を寄せた。

まずはゆっくりと抜いていき、ゆっくりと入り直す。それもまた、中イキを知ったせいなのか、結合感がいちだんとよくなった気がする。ヌルヌルに濡れた肉ひだが、蠢きながらからみついてくる。吸いつきもすごい。

セックスには体の相性が重要で、ヤリチン時代に抱いた百人の中にも、五人くらいはそういう女がいた。すぐさま一夜限りの相手からセフレに昇格させたものだが、彼女たちなど比べものにならないほど、夕希は抱き心地がいい。

おそらく、相性だけの問題ではない。気持ちの昂《たか》ぶりが、全身を敏感にさせている。求めあう愛の存在が、ふたりをどこまでも燃えあがらせる。

将騎は本格的に腰を使いはじめた。ゆっくりと抜くのは同じでも、今度は素早く入っていく。一打一打に力を込め、強く突きあげる。ピッチはスローでも、夕希の体の奥底に、快感を響かせている実感がある。

「ぅんんっ……あああっ……はぁあああっ……」

将騎の腕の中で身悶えている夕希は、羞じらいを忘れていなかった。しかし、それを凌駕《りようが》するほど感じている。キスをしてやると、唾液が糸を引いた。涎を垂らしたみたいなことになっても、口許《くちもと》を拭うこともできない。開いた口から舌を伸ばし、もっとからめてと求めてくる。

濃厚なキスをしながら腰を使っていると、自然とピッチがあがっていった。ずんずんっ、ずんずんっ、と連打を放った。夕希は声をあげて身をよじり、長い両脚を腰にまわしてきた。思ったほど気持ちよくなかったのか、それはすぐにやめて、今度は下から腰を使ってくる。

尻の軽い一夜限りの恋人なら、スケベだな、とからかっているところだった。

夕希をからかうことはできなかった。むしろ感動していた。胸を熱くしながら、その体に溺れていくことしかできない。

夢中になって腰を使った。我を忘れて没頭した。夕希は長い黒髪を振り乱したり、白い喉を突きだしてのけぞったりしていたが、決して眼はつぶらなかった。瞳を涙で潤ませて、一心不乱にこちらを見つめていた。

将騎も見つめ返した。ペニスは肉穴の奥深くまで貫いていたし、熱い抱擁でお互いの体を密着できるところまで密着させていた。それでもまだ足りないとばかりに、視線をぶつけあい、からみあわせる。

男と女ではなく、いっそひとつの生き物になりたいというせつない願望が、ふたりのリズムをぴったりと一致させていった。

直線的に抜き差ししている将騎の動きを、夕希は下半身を左右に振って受けとめてくれる。少しでも摩擦の快楽をあげようというやらしすぎる腰使いだが、いじらしいほど健気だった。愛おしさしか感じなかった。それを伝えるために、怒濤《どとう》の連打を放った。息をとめ、突いて突いて突きまくった。

「はぁああああああああーっ！」

夕希が将騎を見つめながら叫ぶ。

「ダッ、ダメッ……ダメダメダメダメえええっ……イッ、イッちゃいそうっ……またイッちゃいますっ……」

将騎は目力を込めてうなずいた。

「こっ、こっちも出そうだっ……」

今度は夕希がうなずく。

「なっ、中で出してもいい？」

将騎は忘我の快感の中で口走った。自分でも、なにを言っているのだろうと思った。中で出していいわけがなかった。お互いにまだ大学生、子供ができたら大変なことになる。未来に予定しているあれこれが、その瞬間に吹っ飛んでしまう。

しかし、

夕希は泣きそうな顔でうなずいた。

「いいよ……」

「中で出して……いっぱい出して……」

夕希に責任はない。セックスの最中、しかもオルガスムスが目前にある状況で、まともな判断などできるわけがなかった。

それでも、中で出したいという自分の衝動と、それを受けとめてくれた夕希の返事を、将騎は信じたかった。

未来がどうなろうと、夕希を愛する気持ちだけは絶対に変わらないと思った。現実世界でも中に出したことなどないし、出したいと思ったこともない。妻の真佑は膣外射精していたにもかかわらず、想定外に妊娠してしまったのである。

「だっ、出すよっ……中で出すよっ……」

フルピッチでペニスを抜き差ししながら、将騎は夕希を見つめた。夕希も見つめ返してくる。汗の浮かんだ顔で、何度も何度もうなずきあう。夕希が眼を見開くと、将騎も見開いた。

「でっ、出るっ！　もう出るっ！　おおおっ……うおおおおーっ！」

雄叫びをあげて最後の一打を送りこむと、下半身で爆発が起こった。ドクンッ、という衝撃とともに、ペニスの芯に灼熱の快楽が走り抜け、快感の暴風雨に巻きこまれた。こんなことは初めてだった。

中出しの快感に、全身が蕩けてしまいそうだった。ドクンッ、ドクンッ、ドクンッ、と熱い精液を夕希の中に注ぎこみながら、眼もくらむような気持ちよさを感じていた。

「ああっ、イクッ！　イッ、イクイクイクイクウウウーッ！」

夕希が腕の中でのけぞった。ビクンッ、ビクンッ、と腰を跳ねさせ、本日二度目の中イキに達した。お互いがお互いの体にしがみついているぶん、騎乗位のときより女体の痙攣を生々しく感じた。歓喜の震えがペニスを通じて全身を震わせ、それがまた快感のトリガーとなる。射精の途中にもかかわらず、ピストン運動を再開してしまう。

「おおおおっ……おおおおおおおっ……」

「ああああっ……はぁあああああっ……」

喜悦の声を重ねあわせ、身をよじりあった。射精はなかなか終わらなかった。永遠に終わらないのではないかと思ったくらいだ。

気がつけば、夕希が泣いていた。号泣だった。将騎もまた、熱い涙を流していた。

射精が終わっても、お互いの体を離せなかった。しばらくの間、抱きしめあいながらふたりで泣いていた。

たしかに心が浄化される気がした。愛の力は、お化け屋敷なんてものともしないほど強かった。

エピローグ

ドンドンドンドンッ、と乱暴に扉を叩かれる音で将騎は眼を覚ました。

「どうしたの？　いったい何時間トイレにこもってるつもり？」

扉の向こうで、真佑が言っている。

将騎は一瞬、なにが起こったのか理解できなかった。自分が自宅のトイレで倒れていると認識するまで、十秒くらい呆然としていた。

壁につかまってなんとか立ちあがり、頭を振った。鏡を見ると、二十一歳の大学生にしては、ずいぶんと老けた男が映っていた。三十五歳の自分である。

つまり、いまのは夢だったのか？

ずいぶん長い夢だったから、てっきりタイムリープしたと思っていたのに……。

混乱したままトイレから出た。

鬼の形相の真佑が、仁王立ちで腕組みしていた。

「俺、どれくらいトイレに入ってた？」

「二時間は余裕で入ってました」

真佑が吐き捨てるように言う。

「都合が悪くなってトイレにこもるなんて……いい大人が、女子高生みたいな真似しないでもらえる？」

いよいよタイムリープは夢だったと受け入れるしかないようだった。

真佑にうながされ、リビングに向かった。テーブルにはスマホが置いてある。浮気の動かぬ証拠が入っているスマホだ。

「怒ってるよな？」

将騎は上目遣いで妻の顔色をうかがった。

「当たり前でしょ」

真佑は憎々しげに唇を歪めた。

「そりゃあね、あなたの女癖が悪いのなんて結婚前からわかってたことだし、わたしだって清純派でもなんでもなかったから、独身時代のことなら隠したいこといっぱいあるし……百歩譲って浮気をするのはいいわよ。でもね、それを隠そうとしないってどうなのかしら？　バレたら誠心誠意謝るっていう姿勢をどうして見せないの？　わたしね、あなたと結婚してただの一度も、愛されてるって実感したことがない。正直言って、本当につらい。あなたがわたしに関心がないなら、これ以上結婚生活を続けていてもしようがないと思う。別れましょう。子供はわたしが引き取ります」

将騎はがっくりと膝を折ると、床に正座して深々と頭をさげた。

「すまなかった……」

震える声で言った。

「いまはまだ信じてもらえないかもしれないが、心を入れ替えて二度と浮気はしないと誓う。家事や育児だってできる限りやるし、なんだったら育休をとったっていい。だから許してくれないか？　一度だけでいいから、俺に心を入れ替えるチャンスをくれ」

顔をあげた。真佑は唖然としているようだった。眼を見開きながら、口の端に皮肉っぽい笑みを浮かべている。

「いったいどうしちゃったの？　わたしてっきり、じゃあ離婚しようと言うと思ってたのに……なんなら鼻歌まじりで離婚届けにサインして……あなたってそういう人でしょ？」

「そういう人でいることが嫌になったんだ……」

将騎が涙を流しはじめたので、真佑はさすがに笑っていられなくなった。

「俺はもう浮気はしない。おまえと子供のために残りの人生を全部捧げる。だからこの一回だけ、信じてくれないか？」

謝罪は口先だけのものではなかった。演技で涙を流したわけでもない。本当に、心の底から、将騎はまともな人間に生まれ変わりたいと思っていた。

夕希に愛の素晴らしさを教えてもらったからだ。

ずいぶんとリアリティがあったが、あれは夢だった。本当にタイムリープしていたなら、未来は変わっていなければおかしい。妻は真佑ではなく夕希のはずだし、最低でも朋美の罠から逃れた以上、ヤリチンの浮気野郎ではなくなっているはずだ。

だが、現実は一ミリも変化していなかった。となると、やはりあれは夢だったと考えるしかないだろう。

現実世界で夕希と結ばれることがないとはっきりした以上、自分が愛すべき相手は真佑しかいないと思った。酒場でナンパした尻の軽い女だけど、家事はしっかりやってくれるし、子供だって産んでくれた。そういう女を簡単に捨てたりしたら、夕希に軽蔑されると思った。たとえ夢だったとしても、自分の中にある、自分が心から愛した女を、裏切るような真似はできなかった。

いつになるかわからないけれど……。

真佑ともっと深く愛しあうようになり、夕希としていたような熱いセックスができればいい。そうなるためには、まずは真人間に生まれ変わる必要がある。タイムリープなんかしなくても、人は自分の意志で生まれ変われることを、自分の人生で証明してやる。

※この作品は双葉文庫のために書き下ろされたもので、完全なフィクションです。

双葉文庫

く-12-65

大学生《だいがくせい》からヤリ直《なお》し

2022年5月15日　第1刷発行

【著者】
草凪優《くさなぎゆう》

【発行者】
箕浦克史
【発行所】
株式会社双葉社
〒162-8540 東京都新宿区東五軒町3番28号
［電話］03-5261-4818(営業部)　03-5261-4833(編集部)
www.futabasha.co.jp(双葉社の書籍・コミックが買えます)
【印刷所】
中央精版印刷株式会社
【製本所】
中央精版印刷株式会社

【フォーマット・デザイン】
日下潤一

ISBN978-4-575-52574-8 C0193
Printed in Japan